ロバート・アーサー/著
小林 晋/訳

●●

ロバート・アーサー自選傑作集

幽霊を信じますか?

Ghosts and More Ghosts

扶桑社ミステリー
1676

GHOSTS AND MORE GHOSTS
by Robert Arthur
1963

本書をアンドルーとエリザベスに捧げる、特に理由はないが。

目次

見えない足跡　9
ミルトン氏のギフト　41
バラ色水晶のベル　73
エル・ドラドの不思議な切手　103
奇跡の日　137
鵞鳥（がちょう）じゃあるまいし　195
幽霊を信じますか？　229
頑固なオーティス伯父さん　263
デクスター氏のドラゴン　285
ハンク・ガーヴィーの白昼幽霊　303
〈解説〉ミステリ短編の名手による
ホラー・ファンタジー作品集　小林晋　319

ロバート・アーサー自選傑作集

幽霊を信じますか?

見えない足跡
Footsteps Invisible

夜は暗く、嵐で大荒れの天気だった。あたかも怒れる天から降ってきたかのように雨は地面を叩きつけ、その力を受けて都市からのあらゆる騒音が奇妙に入り混じり、ジョーマンの耳には、都市そのものの押し殺した不満の声に聞こえた。

とはいえ、当の本人は充分に居心地が良かった。地下鉄の入口脇にある小さなボックスサイズの新聞雑誌売店（ニューズスタンド）は雨に対する備えが充分できていた。

顧客の声を聞いて、小銭を受け取り、新聞を渡すために開けてあった窓からは、湿気混じりの寒気が入ってきたが、隅にある小さな石油ヒーターが、それを押し戻すように盛んに暖気を送ってくれた。

トランジスターラジオからは楽しそうな音楽が流れ、剛毛の小型テリアの愛犬フォックスファイアが足元でいびきをかいていた。

ジョーマンは伸び上がってラジオのスイッチを消した。ラジオが彼に喜びを与える時もあった。しかし、ニューズスタンドの脇を雨が川のように流れている時など、生活そのものの音に耳を傾けるのを好む時間も多かった。

しかし、今夜はタイムズ・スクウェアでさえも嵐の神々の前に見捨てられていた。ジョーマンは耳を澄ましたが、足音一つ聞こえなかった。しかし、彼自身の時間の感覚は、少し前にラジオ放送を聞いたことで、まだ真夜中をかろうじて回ったばかりだと告げていた。

彼はパイプに火を入れて、満足そうにふかした。

しばらくして彼は顔を上げた。足音が近づいてくる。ゆっくりした、計ったような、聞き慣れた足音だった。足音は彼の店の前で止まり、彼はにんまりした。

「やあ、クランシー」彼は受け持ち区域を巡回中の警官に挨拶した。「家鴨（あひる）たちには格好の夜だな」

「せめて私に水かきがあったらなあ」大柄の巡査はぼやいた。「私にぴったりだったでしょう。あなたも変わっていますね、こんな夜に遅くまで店に残っているなんて。一人も客など来ないのに」

「これが気に入っているんですよ」ジョーマンはにやりとして言った。「嵐の音を聞くのが好きなんです。想像力が刺激されます」

「私の想像力もね」クランシーがぼやいた。「しかし、想像することといったら熱い風呂と熱い飲物が待っている自分のアパートだけときた。やれやれ！」

彼はぶるっと身震いすると、「おやすみなさい」の挨拶をして重々しく歩き去った。

ジョーマンは巡査の足音が小さくなるのを聞いていた。しばし、雨がざあざあ降る音と、時にタクシーが水を跳ね飛ばしながら通過する音しか聞こえなかった。すると、別の足音が聞こえた。

今度は横丁から近づいてくる足音で、頭を少し片側に傾けて、熱心に聞き耳を立てた。

その足音は――彼はぴったりの言葉を探したが――そう、風変わりだった。スニーカーをはいた大きな足で、ズウッーズウッとという音がして、一歩ごとに舗道を滑る音がする。ズウッーズウッ――ズウッーズウッ、足音は彼に向かってゆっくりとためらうように、まるでその人物が数フィート歩くごとに周囲を見回しているかのように近づいた。

ジョーマンは近づいてくる人物は体が不自由なのではないかと思った。ひょっとすると内反足で、一歩進むたびに片足を引きずっているのかもしれない。一瞬、彼はその音が二本脚ではなくて四本脚によるものではないかという途方もない考えを抱いた。

しかし、彼は苦笑してその考えを捨て、もっと耳をそばだてた。

足音は今や彼の前を通り過ぎ、雨のせいではっきり聞き分けることは難しかったが、一歩すり足で進むごとに小さなカチッという音が聞こえるという印象を抱いた。

彼がもっとはっきりと聞こうとしていた時、フォックスファイアが居眠りから目を覚ました。子犬が足元で身動きするのをジョーマンは感じ取り、やがて犬は胸の奥深くからうなり声を出した。ジョーマンが足元に手を伸ばすと、フォックステリアは彼の靴にまつわりつき、尻尾を脚の間に挟んで、毛を逆立てていた。

「シーッ、静かに！」彼は小声で言った。「聞こえないじゃないか」

フォックスファイアはおとなしくなった。ジョーマンは犬の鼻面を抱えて、聞き耳を立てた。謎の人物の足音は彼の前を通り過ぎて、角を曲がった。そこで、足音はまるで決めかねるように立ち止まった。やがて、足音は南に曲がって七番街を進み、一瞬後、嵐の音に呑み込まれてしまった。

ジョーマンは犬から手を放すと、通行人の臭いがかくもフォックステリアを怯えさせるとはどうしてだろうといぶかりながら、顎をなでた。

しばらく、ジョーマンはじっと座ったまま、手にパイプを握っていた。やがて、クランシーが戻ってくる足音を聞いて、どっと安堵の気持ちが押し寄せた。巡査が近づいて立ち止まり、ジョーマンは彼が話すのを待たなかった。彼は小さな窓から首を出した。

「クランシー」声に興奮を気取られないようにして彼は尋ねた。「そこのブロックを通った男――七番街を南に向かっていったのはどんな男だった？　ブロックの中頃にいるはずだが」

「はあっ？」クランシーが声を上げた。「誰もいなかったぞ。新聞を盗まれたのか？」

「いや」ジョーマンは首を振った。「知りたかっただけなんだ。誰もいないと言ったが――」

「私の目には誰も」巡査は言った。「きっとどこかに入ったんでしょう。今夜はあなたと私でこの町を独占しているようなものです。では、さようなら。私は他のドアが施錠されているかチェックしに行かなければ」

彼は水をじゃぶじゃぶいわせながら遠ざかり、その広いゴム製レインコートに覆われた背中に雨がぱたぱた音を立てて当たった。ジョーマンは忍び笑いしながら椅子に戻った。音が、特に雨が降っている場合にどのようないたずらをするか考えるとおかしかった。

彼は火の消えたパイプに再び火をつけて、客が来たら、それを最後にもう店を閉めようと思った。今度の足音は誰のものか聞き分けられた。人通りが多くない時には、常連客が近づいてきた時に名前で呼べたことが、彼にとって誇りであるばかりか、収入の源にもなった。

今度の足音は、よく耳にするものではなく、夜にならないと来たことがなかったものの、容易に判断できた。足音はしっかりしていて、断固としたところがあった。カチッ――踵(かかと)が下ろされた音――パタン――これは靴底がしっかりと道路についた音。カチッ－パタン――もう片方の足だ。単純だ。群衆の中からでも聞き分けられる。

「おはようございます、サー・アンドルー」ジョーマンは足音がスタンドに来た時に言った。「タイムズ紙ですか？」

「ありがとう」答えたのは典型的な英国風の声だった。「すると、私が誰なのか知っているのかね？」

「ああ、はい」ジョーマンはにやりとした。彼が顧客の名前を知っていることは、いつも顧客にとっては不思議の種だった。しかし、名前を知るのは、その人物が近くに住んでいたり働いたりしている場合には、それほど難しいことではない。「この前立ち寄られた時にお泊まりのホテルのベルボーイが新聞を買いに来たのです。あなたが出発した後で、あなたが誰なのか彼が教えてくれました」

「ほう、そんなに簡単なことだったのか？」サー・アンドルー・カラデンが声を上げた。「とはいえ、人に覚えられていることが嫌いじゃないとは自覚していなかったな。最近では姿をくらましたくなっている。過去に充分なほど悪名を上げたからな」

「四年前は相当なものでしたね」ジョーマンがそれとなく言った。「発掘旅行の記事を新聞で追っていました。興味深いお仕事ですね、考古学というのは。いつもあんな風に過去のことを探し回ることができたらと思うことが時々あります」

「やめた方がいい！」その言葉は鋭かった。「私の忠告を聞いて、居心地の良い快適な現在に留まっていたまえ。過去は居心地の悪い場所だ。時々、過去を覗き込んで、それからは過去から離れようとして残りの人生を費やす。そして――だが、私はここでおしゃべりしているわけにはいかない。この嵐だからな。ここに代金を置いた。いや、このカウンターの上に……」

するとジョーマンが手探りして硬貨を見つけ、サー・アンドルー・カラデンが再び声を上げた。

「これは驚いた！」彼は言った。「失礼した」

「まったく問題ありません」ジョーマンは言った。「人が気づかないと嬉しくなります。多くの方が気づかないのですよ、看板に書いてあるのですが」

「盲目の新聞売り」サー・アンドルー・カラデンはスタンドに留めてある小さな掲示を読んだ。

「戦争で負傷したのです」ジョーマンは言った。「視力は徐々に低下しました。二年前に完全に失明しました。そこで私はこの商売を始めたわけです。ですが、私は気にしていません。補償作用があるのですよ。耳を澄ましたら、人間がどれほどの多くの音を聞くことができるのか驚くべきものがあります。しかし、私がどうしてあなたを見分けたのか尋ねようとしたのでしょう? 足音ですよ。足音は聞き分けられます。カチッ－パタン、カチッ－パタン、こんな感じです」

顧客はしばらく無言だった。ジョーマンが何かおかしなことがあるのかと尋ねようとした時にイギリス人はしゃべった。

「ねえ、私は――」彼の口調はほとんど飢えたような熱意を帯びた――「私は人に話さなければ、頭がおかしくなってしまう。つまり気が。完全に変になってしまう。もしかすると、すでにそうなのかもしれないが、私にはわからない。君は――君はちょっと、時間を割けるかね? 一時間、私につきあってくれないかな? 私は――あまり退屈させることはないと思う」

ジョーマンは返事をためらった。断ろうとしたわけではない――男の声に切迫した調子があるのは間違いなかった――が、サー・アンドルー・カラデンの声が怯えたような口調であることにジョーマンの好奇心がかき立てられたからだ。

ばかばかしいことだが――ジョーマンの耳はめったに間違えなかった。このイギリス人、二、三年前にあれほど高名な考古学者だった男が怯えているのだ。もしかしたら自暴自棄になっているのかもしれない。逃亡者――しかし、何から逃亡しているというのか？

ジョーマンは当て推量などしなかった。彼はうなずいた。

「時間ならあります」

彼はひざまずいてフォックスファイアを拾い上げると、革ひもをつけ、肩に古いアルスター外套を引っかけて、煌々(こうこう)と照っていたガソリン式角灯(ランタン)の明かりを絞った。フォックスファイアに革ひもをピンと引っ張らせたまま、新聞ラックを片づけて、スタンドに南京錠をかけた。

「こっちだよ」サー・アンドルー・カラデンが彼の横で言った。「半ブロックもない。腕を貸そうか？」

「どうも」ジョーマンは相手の男の肘に触れた。彼に触れたことで、数年前に新聞に載った写真で覚えていたことを思い出した。このイギリス人は大男だった。怖い物知らずの男だ。それなのに今、彼は怖がっている。実際、怯えていると言っても過言ではなかった。

二人は雨足がやや弱まった中、下を見ながらホテルまでの短い距離を歩いた。

二人がロビーに入ると、踵（かかと）が大理石に当たる音が響いた。ジョーマンはこの場所を知っていた。ホテル・ラセットだ。立派なホテルだが、いささか落ち目だった。

二人がフロントを通り過ぎると、眠そうな目をしたフロント係が声をかけた。

「失礼します。あなた様にメッセージがございます。支配人からです。わたくしどもでやっている仕事に関して――」

「ありがとう、ありがとう」ジョーマンの連れは苛立ったような返事をした。ポケットに紙を突っ込む音をジョーマンは聞いた。「ここにエレヴェーターがある。少し前に進んでくれ」

二人は数分間、安楽椅子に腰かけて、パイプをふかし、目の前に温かい飲物が置かれてから、サー・アンドルー・カラデンが明らかに自分の頭を占めていることについて詳しく説明し始めた。

二人の声の反響から判断して、その部屋はかなり広く、どうやら居間のようだったので、たぶん奥の寝室と繋がっているのだろう。フォックスファイアはジョーマンの足元に寝そべっていて、二人がとりとめもないことを話していると、相手のイギリス人がいきなり彼の話をさえぎった。

「ジョーマン」彼は言った。「私は絶望している。追われているのだ」

おぼつかない手がカップを受け皿にカタカタさせて、コーヒーのはねる音がした。

「そんなことではないかと思いました」彼は思っていたことを口にした。「声の調子でわかりました。警察ですか？」

サー・アンドルー・カラデンは耳障りな声で大笑いした。

「君は実に耳が鋭い」彼は言った。「警察かって？　だったらまだ良かったんだが！　違う。その――個人的な敵に」

「それなら警察に――」ジョーマンが話し始めたが、相手はそれをさえぎった。

「だめだ！　警察は助けにならんのだ。この世で誰も私を助けることのできる人間はいない。神よ、私を憐れみたまえ、来世にもいないのだ！」

ジョーマンは相手の言葉の絶叫調を無視した。

「しかし、そうは言っても――」

「私の言葉を信じてくれ、私は孤立無援なのだ」サー・アンドルー・カラデンはぞっとするような声で言った。「これは――君なら宿怨と言うだろうな。私が狩られる立場なのだ。若い頃には何度も狩猟をやったものだったが、今では狩られる側にいる。愉快なことじゃない」

ジョーマンは飲物を少し飲んだ。

「あなたは——いや、この敵ですが。あなたを長いこと追っているのですか?」

「三年だ」イギリス人の声は低く、すこし頼りなかった。大男が身を乗り出し、腕を膝に立てて、顔に陰鬱なしわを浮かべている姿が、ジョーマンの心の中に見えていた。

「ことの始まりはロンドンの或る夜だった。こんな風に雨が降っていた。私は解読されるのを待っている粘土板に目を走らせていた。トゥタンクウトテットの墓からの出土品の一部だ。君が話した新聞記事に事情は書かれている。

私はかなり懸命に働いていた。パイプを吸おうとして仕事を中断し、外に面している窓辺に立った。するとそれが聞こえた」

「それが聞こえたですって?」

「奴の声が聞こえたのだ」カラデンは訂正した。「私を求めている音が聞こえたんだ。彼の足音が——」

「足音ですか?」

「そうだ。漆黒の闇の中から。私の居場所を突き止めようとして往ったり来たりする足音だ。やがて、奴は私の通った痕跡を探し当て、庭の小道を進んできた」

サー・アンドルー・カラデンは口を閉じた。ジョーマンは彼が再びコーヒーカップを持ち上げる音を聞いた。

「愛犬のグレートデーンが奴の臭いを嗅ぎつけた。犬はかわいそうに怯えていたが、無理もなかった。しかし、愛犬は敵を攻撃しようとした。私の——敵は——愛犬を戸口でばらばらに引き裂いた。私には闘いは見えなかったが、音を聞くことはできた。あの動物は私が逃げる時間稼ぎをしてくれた。裏口から出ると、外は嵐だった。半マイル先に川が流れていた。私はそこを目指し、川に飛び込んで、二マイル下流まで流されてから陸地に上がって、ロンドン行きの列車に乗った。翌朝、奴に足取りを摑まれる前に、私はオーストラリア行きの貨物船に乗ってロンドンを発った」

ジョーマンは考古学者が深呼吸するのを聞いた。

「オーストラリアの金の採掘できる州で再び奴に足取りを摑まれるまで六か月かかった。この時もまた、奴の足音で気づいた。奴が私の小屋に向かってくると私は馬に乗って逃げ、メルボルン行きの輸送機に乗り、上海行きの高速船に乗り込んだ。しかし、私は上海には長くは留まらなかった」

「どうしてですか？」ジョーマンが尋ねた。カラデンが少し身震いしたように思った。

「奴の出身国に似すぎていたからだ。状況が――東洋は奴にとって好ましかった。私には不利だった。私は悪い予感がしてマニラに急行し、そこで合衆国行きの飛行機に乗った。奴が翌日の夜に到着したことを昔の中国人の召使いからの手紙で知ったのだ」

ジョーマンは眉をひそめながらコーヒーをゆっくりと口に含んだ。この男が率直に話していることを疑ってはいなかったが、話そのものはいささか訳がわからなかった。

「この男、あなたの敵のことですが」彼はゆっくりと感想を述べた。「あなたは東洋が彼の出身国に似すぎていたとおっしゃいました。推測ですが、エジプトのことでしょうか」

「その通り。奴はエジプト出身だ。私はそこで――その、奴の敵意を買ってしまった」

「では、そこの生まれですか？　エジプト人だと？」

カラデンはためらって、言葉を選んでいるようだった。

「まあ、そうだな」やっと出てきた返事だった。「或る意味で、奴のことをエジプトの住人と呼んでもいい。とはいえ、厳密に言うと、彼は別の――別の国から来たんだ。あまり知られていない国から」

「ですが」ジョーマンはなおも言った。「あなたは裕福ですから、たとえ相手の出身国がどこだろうと、現地人に対してあらゆる手段を取ることができると考えますが。

結局のところ、その男は人目につき、容易に見つけ出すことができるはずです。警察は助けにならないとおっしゃいましたが、試してみましたか？　それに、いったいどうしてそいつはそれほど執拗にあなたを追い回すのでしょうか？　ロンドンからオーストラリア、そして上海——追跡するにしてもあまりにもか細い足取りです」

「君が困惑しているのはわかる」相手は言った。「しかし、私の言葉を信じてくれ。警察は役に立たないんだ。こいつは——その、奴はただ人目につかない、それだけだ。奴はたいてい夜に行動する。しかし、それでも奴はどこにでも行ける。奴には——その、奴なりのやり方がある。そして、私を追跡することについても、独自のやり方をもっているんだ。奴は執拗だ。それはもう本当に、怖いくらいに執拗だ。そこが恐ろしいところだ。私をずっと追跡し続ける、あのわき目もふらない、頑固な執拗さときたら」

　ジョーマンは無言だった。やがて、彼は首を振った。

「確かにあなたは私の好奇心を刺激しました」彼はカラデンに話した。「あなたが私には話したくないことがあるのは容易にわかります。たぶん、その男がねばり強くあなたを追いかけている理由もその一つなのでしょう」

「いかにも」イギリス人は認めた。「遠征隊がトゥタンクウトテットの墓を発掘していた時のことだ。私がやってしまったのは。掟を私は破ってしまった。掟のことは知っていたが――その、とにかく先に進んだのだ。

いいかね、トテットの墓から発見された物の中には報道陣には伏せた物があった。いくつかのパピルス写本や粘土板だ。主たる墳墓から離れた場所に小さな墳墓があって……。

まあ、これ以上は君には話せない。私は古代の掟を破って、恐慌を来し、その結果から逃れようとした。そうするうちに、この――こいつと関わり合うことになった。そして、こいつに苦しめられるようになったんだ。君が気にしないのであれば――」

主人役の声に自暴自棄の調子を聞き取って、ジョーマンはうなずいた。

「了解しました」彼は同意した。「その問題は議論しないことにします。結局のところ、あなたの問題ですから。あなたはその男を待ち伏せしたり、叩きだそうとしたりはしなかったのですね？」

彼はカラデンが首を振っていると想像した。

「無駄だ」相手は手短に言った。「私が安全になる手段は逃げるしかない。だから私は逃げ続けている。私がフリスコ（サンフランシスコ）に到着した時、これでしばらくは安全だと思った。しかし、この時、奴はもうすぐ私を捕まえるところまで来ていたのだ。或る霧深い夜更けに、奴が通りを近づいてくる足音を聞いた。私は裏口から出て駆け出した。カナダ平原に逃げたのだ。

何マイルも隣人のいない、うねるような大草原のど真ん中に私は移住した。誰も私のことなど考えず、いわんや私に話しかけたり、私の名前を口にしたりする者などいなかった。一年近くはそこで安全に過ごすことができた。しかし、とうとう――そう、ほとんどたった一つの間違いで」

カラデンは音を立ててカップを置いた。震える指からカップが滑り落ちそうになったからだろうと、ジョーマンは想像した。

「いいかね、大草原には足跡はなかった。今回、奴はいつもの通り夜にやって来て、気づかないうち捕まりそうになった。それに馬は脚が悪かった。私は逃げた。危機一髪だった。思い出したくないほど……。

そこで私はニューヨークに来た。それ以来ずっとここにいる、街のほぼ中心に。身を隠すには最善の場所だ。人々に紛れることができる。何百万という人たちが私の通った道を何度となく横切って、足取りを泥で汚し、臭跡をかき乱し――」

「臭跡をかき乱すというのは？」ジョーマンが声を上げた。

カラデンが咳払いした。「今のは、思っている以上のことをしゃべってしまった」彼は認めた。「そう、その通りだ。奴は私を嗅ぎ出した。少なくとも、幾分かは。説明は難しいが。私が通った実体のない痕跡と言ってもいい」

「なるほど」男の声には信じてほしいと懇願する調子があったので、ジョーマンはまるでわからなかったがうなずいた。

「ここに来て一年近くになる」イギリス人は言った。「ほぼ十二か月、奴の気配はなかった。私は用心していた。きみ、私がどれほど慎重だったことか！ 怯えたウサギのように巣穴に潜り込んでいたのだ。

たいていの時間は、ここ、一日に百万もの人間が私の足取りを横切っていくタイムズ・スクウェア近くにいた。ここの二つの部屋に縮こまるようにしていて――奥に寝室がある――日に一回だけ外出する。奴は通常、夜に最も活動的になる。日中は群衆のせいで奴は混乱する。奴が最も好むのは、夜遅くなってからの無人の区域だ。その間、私はここに身を潜めながら、目を開けて耳をそばだて……。

こんな嵐の夜以外は。嵐だと奴の仕事はもっと難しくなる。雨が私の臭跡を洗い流し、吹き荒れる風と激しい自然力が私のいよいよ実体のない痕跡を吹き流してしまう。だから私は今夜、あえて外出したのだ。

いつの日か、ここにいても、奴は私を見つけ出すだろう」と話し続けたサー・アンドルー・カラデンの声は緊張で張りつめていた。「私の準備はできている。奴が近づいている音が聞こえるだろう――と願っている――奴がこのドアをこじ開けたら、別のドア、寝室のドアから出て逃げるのだ。私は早くから出口が一つしかない巣穴に身を隠すことの愚かさを学んでいた。今では私はいつも、少なくとも一つの非常用出口を用意している。

私の言葉を信じてくれ、きみ、奴はぞっとするような存在なのだ。夜の静かな時間に横になっていると、はっと目を覚まして、奴が来るのかと聞き耳を立て、耳を澄ましていた。心臓を鷲掴みにされ、すっくと身を起こし、ずっと続く恐怖に――」

カラデンは最後まで言い終えなかった。数分間じっと押し黙り、ジョーマンは彼が自制心と闘っているのだと想像した。やがて、彼が身を乗り出して、腰かけていた椅子のスプリングが軋んだ。

「いいかね」その時のイギリス人の口調は、声が少し震えるほど自暴自棄の熱意が込められていた。「私が君をここまで連れてきたのはこんな話を聞かせるためなのかと不思議に感じていることだろう。違うのだ。私には目的があった。この話を君にしたのは、君の反応を窺うためだ。その結果に私は満足した。とにかく、君はあからさまに私の話を疑いはしなかった。君が私を頭のおかしい人間と思ったら、たぶん君は私に調子を合わせたことだろう。そこで私から提案がある」

ジョーマンは少し背筋をまっすぐ伸ばした。「とおっしゃると?」半信半疑の表情で彼は尋ねた。「どんな――」

「どんな提案なのか?」カラデンは相手の言葉を自分で閉じた。「こういうことだ。奴の足音を聞くことで、君は私を助けるのだ」

ジョーマンは思わず顔を上げたので、彼が盲人でなかったならば、相手の顔を見つめることになっただろう。

「敵の足音を聞くですって?」

「そうだ」イギリス人はしゃがれ声で言った。「奴が近づく音を聞くのだ。歩哨のように。前哨だな。いいかね、きみ、君は自分の小さなスタンドに毎晩六時からずっといることは気づいていた。君は夜遅くまでいる。このホテルから五十ヤードと離れていない場所にいることになる。奴が来たら、奴は君のそばを通り過ぎる。奴は足取りを摑むために少し捜し回らなければならないはずだ――猟犬のように、その、疑念を晴らすまで往ったり来たりしてな。

確信を持つに至るまで三度も四度も往ったり来たりを繰り返すかもしれない。君は耳が鋭い。君の仕事中に奴が来たら、君はきっと聞きつけるはずだ」

カラデンの声が早口になり、死にものぐるいで説得しようとした。

「そして、君が奴の来るのを聞きつけたら、私に知らせることができる。君からの合図があったら、知らせるようにドアマンには伝えておく。あるいは、君がスタンドを離れてここまで来るか。ほんの五十歩そこそこだから楽にできるだろう。しかし、何とかして私に警告を与えなければならない。やると言ってくれ、きみ！」

ジョーマンは返答をためらった。サー・アンドルーは彼の沈黙を誤解した。

「もしも怖いということなら」彼は言った。「怖がる必要はない。奴は君を攻撃したりはしない。私だけだ」

「そのことはいいんです」ジョーマンは彼に正直に言った。「あなたのお話は必ずしも明瞭ではありませんし――率直に申し上げて――あなたが正気かそうでないのかも、絶対の自信が持てないのです。ですが、あなたのお話を聞くことは別にかまいません。ただ、おわかりいただけませんか、私にはあなたの敵の足音を聞き分ける方法がないのです」

カラデンは小さな口笛のようなため息を漏らしたが、すぐにはっとなった。

「そういうことか！」静かな感嘆の声だったが、そこには安堵が含まれていた。「まさに君ならできる。そのことなら簡単至極だ。私は何度も聞いている。奴の足音を再現できると思う。私に心配なことは一つだけだ。

奴の足音は——誰もが聞くことができるわけではないんだ。しかし、盲目であることによって君の耳が人一倍敏感であることに私は賭けてみたい——。かまうものか。やってみるしかない。ちょっと待ってくれ」

ジョーマンは黙って座ったまま待った。二枚の窓ガラスに当たっていた雨ははっきりと小降りになっていた。どこか遠いところで消防車のサイレンがバンシー（死者が出る家に大声で泣いて予告する女の妖精）の泣き声のようにわめいていた。

カラデンは両手両足を使って、床の上で何度かこするような音を立てていた。

「これだ！」彼は言った。「両手に寝室のスリッパを差し込んだ。こういう音なんだ」

底の柔らかいスリッパで、彼は大きな足で引きずるような音を立てた——二重の音で、ズウッーズウッという音の後に小休止があり、それが繰り返された。

「君の耳がとりわけ鋭かったら」彼は言った。「一歩ごとに微かにカチッという音か爪が引っかくような音が聞き取れるはずだ。しかし——」

その時、ジョーマンは相手がすっくと立ち上がった音を聞いた。カラデンが彼の顔を見つめているのがわかった。

「どうしたんだね、きみ？」イギリス人は心配して尋ねた。「何か問題でも？」

ジョーマンは張りつめた様子で椅子に腰かけ、椅子の袖をしっかりと握っていた。

「サー・アンドルー」彼は唇をこわばらせて小声で言った。「サー・アンドルー！その足音ならすでに聞いたことがあります。一時間前に雨の中、私のスタンドを通り過ぎました」

しばし長い沈黙が続き、相手の顔から血の気が引いて、両手を握りしめているのを、ジョーマンは目にする思いだった。

「今夜だと？」尋ねたカラデンの声はしゃがれて小声だったので、ジョーマンにはほとんど聞き取れないほどだった。「今夜なのか、きみ？」

「あなたが来られる、ほんの数分前のことでした」ジョーマンは思わず口走った。「足音を聞きました——彼の足音です——引きずって歩くような。犬が目を覚まして、哀れっぽい声で啼きました。ゆっくりと近づいて立ち止まり、また進みました」

イギリス人は息を吐いた。「続けてくれ、きみ！　それからどうした？」

「方向転換しました。七番街を下って南に向かいました」

サー・アンドルー・カラデンは跳び上がって、部屋を横切ると、向きを変えて戻ってきた。

「とうとう突き止められてしまったか!」彼は差し迫った声で言ったが、そこにはヒステリックな調子はまるでなかった。「私は行かなければならない。今夜。南に向かったと言ったな?」

ジョーマンはうなずいた。

「しかし、それは何の意味もない」カラデンは考えを声に出しているかのように早口で話した。「奴は足取りを見失ったことにすぐ気づくだろう。奴は戻ってくる。戻ってくるだろう。奴が通りすぎてから、私は新たな臭跡を残してしまった。雨はまだすっかり洗い流していないだろう。奴に足取りを摑まれるかもしれない。今にもそこの階段を上ってくるかもしれない。私のバッグはどこだ? パスポートは? 現金は? すべて事務机に入れたのだった。失礼。その場を動かずにいてくれ」

ジョーマンはドアが開く音を聞き、男が隣の寝室に入って、しっかり閉じた事務机が軋む音がした。

再びカラデンの足音が響いた。まもなく、ドアの差し錠が引き戻された。それからドアそのものがガタガタ音を立てた。小休止の後、緊迫した様子でドアが再び鳴った。またしても、今度は激しく。それに続いて、静寂の中でカラデンの荒い息づかいをジヨーマンは聞いた。

「ドアが開かない！」叫び声を上げたイギリス人の声に激しい恐怖が聞き取れた。「鍵穴に鍵か何かが差してある。向こう側から」

イギリス人は激しい勢いで居間に戻ると、ジョーマンのそばで立ち止まった。

「あのメッセージだ！」言葉がカラデンの口から漏れた。「フロント係が手渡したメッセージ。いったい――」

封を破ってメッセージを取り出す音。サー・アンドルー・カラデンは罵り声を上げた。

「あの馬鹿者が！」彼は泣きそうな声で言った。「まったく、あのいまいましい、くそったれの馬鹿者が。『拝啓』」カラデンの声は今や震えていた。「『お客さまのスイートの北側通路の改装に要する塗装のため、本日午後、お客さまの部屋のドアを開ける必要が発生しました。ドアを閉めて施錠した際、鍵が期せずして鍵穴に詰まり、直ちに抜き出すことができませんでした。明朝、錠前師が修理に参ります。ご不便をおかけしますが――』」

神よ、われらを愚か者より守り給え！」サー・アンドルーは息を切らしながら言った。「幸いにも、ここから抜け出す時間はまだある。行くぞ、きみ、そこに座っている場合じゃない。下まで案内しよう。だが、急がなければならん、急ぐぞ」

ジョーマンは相手の男の歯が、彼を身震いさせている過剰な感情の高まりによって微かにカタカタ鳴るのを聞き、手を伸ばしてサー・アンドルーの腕に摑まって立とうとした時に、狂乱寸前になった大男の筋肉の震えを感じた。そして、彼が立ち上がろうとして、指でイギリス人の手首をしっかりと握った時だった。

「カラデン！」彼がささやいた。「カラデン！　耳を澄まして、、、、！」

相手は何も訊かなかった。ジョーマンは指の下で筋肉が震えるのを感じた。まるで二人が一つの手に握りしめられて、息もできずにいるような静寂が部屋を包み込んだ。それを破る微かな遠くからの交通騒音さえも聞こえなかった。

その時、二人はそれを耳にした。通路で、ドアに向かって近づく足音。床を引きずりながら歩く小さな足音……。

フォックスファイアが二人の足元で悲しげな声を上げ、二人を麻痺させていた呪縛を一瞬で解いた。

「奴が――」カラデンはあえぎ声で言った――「奴が外にいる！」

彼はジョーマンの横から離れた。ジョーマンは彼が何か重い物体を必死の力で押している音を聞いた。脚輪（キャスター）が軋んだ。家具がひっくり返り、ドアの内側に衝突して倒れた。

「よし！」カラデンがうなるように言った。「机だ。それにドアには差し錠がかかっている。これで奴を少し食い止めることができる。動かないでじっとしているんだ、きみ。犬を抱えておけ。奴は君など眼中にない。奴が求めているのはこの私だ。私は奴が入ってくる前に、別のドアを開けなければならない」

彼の足音が急いで寝室に入った。ジョーマンはフォックスファイアを腕に抱えて、そのまま腰かけていたが、あまりにも緊張していたので純然たる恐怖で筋肉がこわばった。

寝室で、なかなか開こうとしないドアに向かって人が突進するような大きな音がした。しかし、寝室から聞こえる音の他に、バリケードをしたドア――奴がその向こうにいるドア――が壊れ始める音がした。

釘が軋むような音を立てて木材から抜けた。蝶番（ちょうつがい）が悲鳴を上げる。全体――ドア、楣（まぐさ）（ドアの横木）、机――が一インチほど内側に動いた。一呼吸置いてから、向こう側から再び、ぞっとするような容赦ない圧力がかかった。木を引き裂くような大きな音がすると、ドアは屈して内側に砕け、バリケードになっている家具の上に載った。

破壊の音がこだまする中、ジョーマンはズウッーズウッという足音が部屋を横切って寝室に向かうのを聞いた。

寝室では、壊れたドアをこじ開けようというサー・アンドルー・カラデンの奮闘が唐突にやんだ。すると、イギリス人の絶叫が聞こえた。あらゆる知性を失った、動物の純然たる恐怖の絶叫だった。寝室の窓は力ずくで破壊されて、窓ガラスは粉々になっていた。

その後、しばし静寂が続いたが、ジョーマンの敏感な耳は五階下の外の街路から、何かが舗道に当たる音を聞きつけた。

サー・アンドルー・カラデンは飛び降りたのだ……。

どうにか力を振り絞ってジョーマンはよろよろと立ち上がった。彼はドアに向かって急ぎ、残骸につまずいた。怪我をしたが痛みは感じず、再び起き上がると、おぼつかない足取りで通路に出て、そこを進んだ。

手探りする手が金属で覆われたドアを見つけ、彼はそれを押し開いた。向こうに手すりがあった。階段だ。手探りで彼は階段を下りた。

ロビーに到達し、あっけにとられているフロント係の前を通って手探りで通りに出るまでに何分かかったか、彼にはわからなかった。あるいは、彼が奴——サー・アンドルー・カラデンを追跡していたまったく非人間的な存在——が下りてくる前に着いたかどうかも。

ひとたびぬれた舗道に出てしまうと、涼しげな夜気が頬に当たり、彼はすすり泣くように息を切らして立ち止まった。彼が立ちつくしていると、舗道を引きずるような足音が背後から彼の横を通りすぎて、西に曲がった。

するとジョーマンは驚くべき音を聞いた。サー・アンドルー・カラデンの足音も、十二ヤード離れたところで彼から急ぎ足で遠ざかっていったのだ。

サー・アンドルー・カラデンは六階の高さから飛び降りた。それなのにまだ歩くことができたとは……。

いや、走っている。男の足音のテンポは速くなっていた。彼は今では小走りしていた。もう走っている。カラデンの走っている足音の後ろから奴の、敵の駆け足の足音が、さらに速く、しかも足を下ろすたびに何かがコンクリートを引っかく音がした。鉤爪のような何か……。

「サー・アンドルー！」ジョーマンは無分別にも大声で呼びかけた。「サー・アン――」

その時、彼は追いかけようとして、つまずいて倒れそうになった。後ろからフロント係が駆けてきた。衝撃を受けた口調で何かを叫んだが、ジョーマンには彼の声も聞こえなかった。彼はかがんでいて、手はつまずいた物を探し求めていた。

「聞いてください！」ジョーマンは顔を上げて、ガタガタ震えているフロント係に息を切らして言った。「さっさと答えてください！　知らなければ。あの男はどんな様子でしたか――たった今、私を追うようにホテルから出てきた男は？」

「あなたを、お、追ってですか？」フロント係は口ごもるように言った。「誰もあなたを、お、追ってなんかいません。一人も。この、は、半時間、あなたが当ホテルを出入りした以外は誰も。ねえ、どうして彼はこんなことを？　どうして飛び降りたんです？」

ジョーマンは彼に答えなかった。

「神よ」彼はささやいていたが、或る意味では祈りの言葉だった。「ああ、神よ！」

彼の手は舗道に倒れているアンドルー・カラデンの死体に触れていた。

しかし、彼の耳は依然として、ブロックをずっと下ったところで、追う者と追われる者が走り去る足音を聞き、やがて彼でさえ聞き取れなくなった。追い立てられる者はなおも逃げ続け、目に見えぬ狩人は死の淵さえも越えて追い続けていた。

ミルトン氏のギフト
Mr. Milton's Gift

この物語は、たぶんあなたが自分自身に何百回も問いかけている質問に対する答えになるだろう。そして、読み終えた時には、私の話すことのいくつかは、初めこそいささか驚くべき話に聞こえるかもしれないが、それこそが唯一可能な答えであることに納得されるだろう。

これからお話しする人物はホーマー・ミルトンといい、事件が起きた時は三十三歳だった。仕事熱心な、人柄の良い物静かな男で、マーサというとてもかわいらしい女性と結婚して八年になり、妻のことを熱愛していた。ホーマーは会社の簿記係で、社長のスプリンガー氏は彼をしばしば遅くまで働かせる、手強い人物だった。

この日、スプリンガー氏はいつも以上に彼を遅くまで仕事に引き留めた。その日は妻マーサの誕生日だったので、彼はプレゼントを買うために古式ゆかしいギフト用品専門店に足を踏み入れた。ホーマーは今までこんな店があることに気づかなかったが、この夜はオフィスから自宅までいつもと違った道を歩き、片側に空き地、向かいに店舗が並ぶ場所に出くわした。

そこは暗く、ほこりで汚れた窓を通して微かな黄色い光が漏れ出てくるだけで、かろうじてガラスにペンキで書かれた文字が読み取れた。〈古式ゆかしいギフト・ショップ〉。たとえ古風な〝ギフト・ショップ〟だとしても、そこはたいした場所ではなかった。しかし、ここまで来てしまった以上、あと少しで帰宅し、マーサが素敵なプレゼントを心待ちにしていて、近所の店はすべて閉店してしまった以上――そう、ホーマーにはこの店に入るしかなかった。

ところが、店に一歩踏み込んだ瞬間、失敗したと彼は思った。店の内部はギフト・ショップというよりも、ジャンク・ショップであった。

隅に一ブッシェル（約三十六リットル）ほどの大きさの、卵形の籠（かご）があり、天井からはかかとに小さな翼の付いた一足の古いスリッパが吊り下がっていた。ホーマーには翼が二度羽ばたいたのが見えたと思ったが、もちろん、天井からぶら下がっている古い石油ランプの光によるいたずらに過ぎない。

他にもあったが、残りの在庫がどんなものか、彼にはわからなかった。というのも、商品は細かい蜘蛛（くも）の巣で何重にも覆われていたからだ。もうたっぷり見たからよその店で買おうと決心した時、背後で人が咳払いするのが聞こえた。

ホーマーはくるりと体を回した。すると、長い、埃をかぶったカウンターの横に店主が立ってホーマーを見ていた。店主は身長が四フィート（約一・二メートル）にも達しなかったはずだ――店主の目の位置はホーマーの上着の真ん中のボタンの高さだった。しかも、興味津々という目をして――大きな丸い目で、カボチャで作ったハロウィーンの提灯（ちょうちん）のように黄色く輝いて――いて、異常なまでに長くとがった耳に挟まれて、いっそう小さく見える、とがった顔から覗いていた。

「いらっしゃいませ、ミスター・ミルトン」男はとても朗らかに言った。黄色いカボチャ提灯のような目が一度またたき、とがった片耳の先がぴくりと動いた。「何かお探しでしょうか？」

「いやその」ホーマーは口ごもるように言った。「家内へのプレゼントを探しているだけなんだ。でも、適当な物は見当たらないね」そう言うと、彼は出口の方に後じさりし始めた。

しかし、そうはいかなかった。長くて細い腕がにゅーっと伸び――まるでゴムでできているみたいだった――上着を摑んで、彼を引き戻した。

「まあまあ！」風変わりな店主はホーマーに向かって頭を反らすようにして、黄色い大きな目をぎらぎらさせた。「奥様へのギフトでございますか？　けっこう！　奥様は小言をおっしゃる方ですか？　贅沢好きで、おしゃべりで、欲張りですか？　それとも、別にこれといった理由はないのに、よくありがちなことですが、奥さまに飽きてしまったとか？」

「いやー——いや、とんでもない」ホーマーは口ごもった。「そんなんじゃないんだ」

「問題ありません」小男は乾いた、振り払うような音を立てて両手をこすり合わせた。「理由は各人各様でございます。お客様のお求めになるものを、手前は提供するだけです。アンチモン、毒人参酒、絹の輪縄、ヒヨス毒——どれになさいますか？　手前から助言させていただければ、特製の神隠しパウダーをお勧めいたします。眠っている奥様にさっと振りかけるだけで、お悩みからはおさらばです」

「おいおい、ぼくはそんなものは欲しくないんだ！」ホーマーはかっとなって言った。「ぼくは家内を愛している。雨の日にはレインコートを着るようううるさく言ったり、誕生日や結婚記念日を忘れたら泣きわめいたりするが、それ以外の点では何の不満もない」

「なんと異常な！」黄色い目が二度、瞬いた。「夫が妻についてそんなことを言うなんて、何世紀も聞いたことがありません。これは考えなければ」

店主はとがったあごを片手で支えて、しばらく目を閉じて考えていた。やがて、彼はホーマーに向かって顔を輝かせた。

「本当に」と彼は言った。「あなたは奥様にご自分の愛情の証をお贈りしたいのですな。手前としたことが、つい間違えてしまいました。そういうギフトは普通は新婚の花嫁に贈るものですから。さてと。いかなる種類のギフトをお考えですか？」

「いや、ただのギフトだよ」ホーマーは言った。「ぼくが彼女のことを愛していることを示し、家内を満足させる物ならば、今晩持ち帰って目的を果たすことになる。ぼくは銀器のミルク差しを考えていた」

「銀器のミルク差しですと！　お客様、手前はそういう品物は扱っておりません！　ギフトが欲しいとおっしゃいませんでしたか？　ええ、手前がお売りするのはそれ――才能（ギフト）です。さあさあ、奥様がどのようなギフトをお望みか、何かヒントを与えてください。奥様は人生において何を一番お望みのようでしょうか。あるいは、何がないことを最も切実にお考えでしょうか？　ところで、手前のことはクラレンスとお呼びください。手前の名前です」

「いや――その――ミスター・クラレンス」その頃にはかなり戸惑っていたホーマー・ミルトンは口ごもった。「家内が一番望んでいることは、ぼくの見るところ、ぼくがもっとお金を稼ぐことだ。ぼくは昇級を願い出るのが苦手で、スプリンガー氏というのはなかなかとっつきにくい人だから、ぼくは――」

「お金を稼ぐ才能！」クラレンスは両手をすり合わせた。「さて、一歩前進だ。それが、奥様の感謝するギフトというわけですな、ええ？　もしもあなたにお金を稼ぐギフトがあったら？」

「もちろんだとも」ホーマーはうなずいた。「それこそぼくに必要なギフトだ――。ちょっと待った、ぼくはすっかり混乱してきた。贈り物のことについて話を始めたのに、今では別のギフトについて話題にしている。誕生日の贈り物とお金を稼ぐ才能とはまったく違うものだ」

「チッチッ」クラレンスは言った。「ギフトに変わりはありませんよ」手前どもでは片方しか取り扱っておりません――正真正銘の商品です。もちろん、あなた様にお金を稼ぐ才能があったら、それは奥様が喜ばれる誕生日のギフトというわけです」

「しかし――」すでにホーマーの頭はくらくらしていた。「いったいどうやってマーサに説明できるんだろう。ぼくがお金を稼ぐ才能を手に入れて、それが誕生日のギフトだということを。だって――やれやれ」彼はうめき声を上げた。「気分が悪い。ぼくは行かなければ。本当に。またいつか来るよ」

クラレンスの手が再びにゅーっと伸びて、襟の折り返しを掴んだ。

「ばかばかしい！」小男は言った。「十ドルお持ちですか？」

「ああ」ホーマーは息を呑んだ。「しかし――」

「では、取引成立です。手前の手をしっかり掴んでください」奇妙にもひんやりしてかさかさの手触りの、長く細い手を彼が突き出すと、ホーマーがそれを取った。彼には他にどうしようもなかった。

「シリング、ポンド、ペンスにドル、ダイムにセント」クラレンスが目を閉じて歌うように言った。「この手であなたは作り出す、たとえ偽金であろうとも。アブラカダブラ、なんちゃらかんちゃら」

黄色い目が開いた。

「さて」小男が言った。「完了です。あんな簡単な才能には充分な呪文です。十ドル、お支払いください」

光に目がくらんだようになったホーマーは財布を取り出して代金を支払った。

「さて」クラレンスは言った。「あなたには今年だけの特別サーヴィス、無料ギフトを受け取る権利があります――ご購入のギフト一つに対して一つ。また手をお出しください」

ホーマーは拒否しようとしたが、クラレンスはとにかく手を掴んで放さなかった。

「ジューン、ムーン、ラヴ、鳩、ため息、死ぬ」目をしっかりと閉じて彼は歌った。

「あなたは詩人だ。いずれわかる。アブラカダブラ、エトセトラ」

目を開けると、彼はホーマーに向かって笑みを浮かべた。

「さて！」彼は言った。「これであなたは詩の才能も手に入れた。あなたのお名前に見合う、手前に考えられる唯一適切な才能です。ホメーロスにミルトンとは！二人とも偉人です。大詩人です。あなたがおいでになられて、手前は本当に嬉しいですよ。どれだけの長期間お客様がおいでにならなかったか、わからないくらいで、そろそろ店を畳んで、よそへ引っ越そうと思っていたところです。別のギフトが必要になったらいつでもご来店ください。手前はこの半球に見事な在庫を用意しております。おしゃべりの才能、音楽、勇気、千里眼、楽観、時間厳守の才能――その他もろもろです。またのご来店をお待ちしております、ミスター・ミルトン」

彼は素早くちょこんとお辞儀をすると、一瞬後にはホーマーは再び通りに出て、どうしてクラレンスは自分の名前を知ったのだろうと当惑していた。

三ブロックも歩かないうちに、ホーマーは我に返った。彼は十ドルを取り戻そうとはしないことにした――またクラレンスや古式ゆかしいギフト・ショップと関わりを持ったら何が起こるかわからない。しかし、一つだけ確かなことがある――今度のことはマーサには秘密にしなければならないということだ。

依然として、彼は妻に対する贈り物を見つけなければならなかった。

さて、結局のところ、贈り物については何の問題もなかった。彼のアパートからほんの一ブロックのところに古道具屋があり、ちょうど店主が閉店しようとしている時に間に合った。ホーマーは銀器のミルク差しを買ったが、それは店主が磨いて未使用品と見間違えるほどの物だった。「贈り物が欲しいんだ、妻への。銀器のミルク差しかナイフでも」と言うと店の人間は意表を衝かれたが、やがてホーマーが偶然にも韻を踏んだと思って、にやりと笑みを浮かべた。

ホーマーは少し不思議な気になり始めたものの、帰宅すると、マーサにミルク差しを渡して優しく言った。「贈り物を愛しいきみに、飾り物にならなきゃいいけれど。確かに値打ちはないけれど、確かな気持ちを伝えよう」

マーサは目を丸くして彼を見て、面食らったようになり、彼も目を丸くした。しかし、マーサはやがて幸せそうに笑って、彼の頰を軽くなでた。

「あなたったら、なんておばかさんなのかしら！」彼女は言った。「話をするのに韻を踏もうとするなんて。今日が何の日か覚えていてくれたから、わたしはとっても幸せ。それに、あなたのために特別な夕食を用意したの——ロースト・ビーフ、マッシュト・ポテトにエンドウ豆、デザートはアイスクリームよ」

「そいつは素敵な夕食だから、ぼくを憂色には染められない」ホーマーは熱を込めていった。「マッシュト・ポテトにロースト・ビーフとは、ぼくは満悦至極で、たぶん満腹満足だい。きみは空腹充足かい?」

マーサは彼を奇妙なものを見るような目つきで見た。

「ホーマー、あなたったら本当に変な話し方をするのね。たとえ冗談だとしても、やめてほしいわ」

「もちろんだよ、きみ、きみが望むのならね」ホーマーは口ごもりながら、新聞を広げて安楽椅子にずっしりと身を沈めた。「ちょっときみをからかおうとしただけさ」

やがて、彼は会話を始める危険を冒すまいとして、スポーツ欄に専念した。しかし、彼の心はアメリカン・リーグの順位表にはなかった。

彼の心は〈古式ゆかしいギフト・ショップ〉に戻っていた。そして、奇妙な小男の店主クラレンスに関する恐ろしい疑惑に襲われた——。

しかし、そんなことはあり得ない! あり得ないとしか言いようがない!

「本当じゃない!」ホーマーはつぶやいた。「本当じゃない。そんなことが人に対してできるはずがない！」すると、またしても自分が脚韻を踏んでしまったことに気づいて、口をつぐんだ。たぶん本当じゃないだろうが、そうは言っても――。

夕食の間は張りつめた雰囲気だった。マーサはずっと彼のことを奇妙な目で見ていて、ホーマーとしては会話を韻の踏めないそっけない言い方にとどめた。夕食の終わる頃、マーサはほとんど涙に暮れんばかりになっていた。彼女はあてつけのように銀器のミルク差しを目に触れないように片づけ、食器洗いを済ませると、おやすみのあいさつもしないで寝室に引っ込んだ。

惨めな気分になったホーマーは自宅に持ち帰った帳簿を取り出し、仕事をしようとした。彼はマーサから結婚プレゼントとして贈られた、黒、緑、青、赤のインクが出る美しいスイス製の万年筆のキャップをはずした。彼はこういう万年筆を国内では見かけたことがなく、それを使うと仕事がいつも楽しかった。しかし、今晩は違った。

彼はとりとめのないことを考えていた。

いつしか彼はマーサのはさみを手にして、何の気なしにノートの紙を四角く切り取っていた。気を引き締めて、彼は注意を再び帳簿に戻した――しかし、彼の心はまたよそをさまよい始めた。彼は〈古式ゆかしいギフト・ショップ〉とクラレンスのことを考え、もしや――。

しかし、今晩の不思議な出来事のことを考えれば考えるほど、彼は当惑するばかりだった。彼の思考は鬼ごっこをしているハツカネズミさながら、堂々巡りを繰り返していた。やがて、彼ははっと我に返り、どれほど長い時間、座ったまま空想に耽りながら、切り取った紙片に万年筆でいたずら書きをしたのかわからないことに気づいた。寝た方が良さそうだ。

翌朝の朝食はいつものようには始まらなかったが、ホーマーは席に着いてすぐに謝るつもりだった。

「おはよう、愛しのきみ。今日は晴天が明白みたいだね」彼は言った。「コーヒーの香りは馥郁、きみはぐっすり眠ってすくすく。卵は目玉焼きでよろしく」

妻の穏やかで若々しい顔が微笑もうとして止まった。唇を固く閉じ、一筋の涙を目の端から流したのが、彼女の唯一の反応だった。

ホーマーはトーストとコーヒーを終えて、卵は食べずに、帽子とブリーフケースを掴むと、ドアに向かった。それから、振り返って、いつもようにマーサにさよならの投げキスをした。

「ホーマー」妻が言った。「今日もオフィスに出勤しなければならないの？　つまり――たぶん、あなたは病気だから。たぶんドクター・フェルプスに診察してもらうべきよ。あなたがわたしをからかっているだけだと思っていたけど――」

「ぼくはちっとも病気じゃない。とっても正気だよ」ホーマーは威厳を見せて言った。「ぼくがきみに苦痛を与えたなら謝るよ――でも、普通じゃないんだ。すまないけれど、遅刻してしまうからね。スプリンガー氏は時刻にうるさいんだ。ぼくは本当に出勤しなければ。きみも知っての通り、欠勤するわけにはいかないからね」

すると、マーサの澄んだ青い目に再び涙があふれ始めたので、彼は慌ててドアを閉めた。こんなにも彼女を心配させるのは恐ろしいことだったが、仮に彼が彼女に真実を話そうとしたら？　そんなことをすれば、妻は彼が正気を失ったと確信し、これまで以上に心配させることになる……。

ホーマーはオフィスに到着するなり仕事に没頭して悩みを忘れようとした。しかし、彼が帳簿を開くやいなや、電話が鳴った。マーサからだった。

「ホーマー！」彼女は電話越しに優しい声で言った。「あなたったら！　わたし、あなたに腹を立てて本当に恥ずかしいわ。でも、あんなおかしなやり方で素敵なプレゼントをくれるなんて」

「何の話だい？」ホーマーは仰天して尋ねた。「すまないが、もう一度言ってくれないか」

「あなたって本当に素敵な人ねって言ったのよ。出かけた後でわたしが見つけるように、プレゼントをサイドボードに置いておくなんて。おかげでわたしは、自分がずいぶんと機嫌が悪かったことと、あなたが本当に優しかったことを思い知らされたわ。さてと、これ以上おしゃべりしている暇はないわ――急いで買い物に行かなくっちゃ」

彼女が電話を切ると、ホーマーは額をこすりながら、受話器を置いた。彼には妻が何のことを話しているのか想像もできなかったが、帳簿に関する仕事を仕上げなければならず、スプリンガー氏は出社し次第、帳簿に目を通したがるのがわかっていたので、そのことについて考えている時間はなかった。帳尻は問題なく合っていた。スプリンガー氏は正午近くになるまで出社しなかった。その頃までにホーマーは帳簿を片づけて、椅子に深く腰かけて、空想に耽りながら万年筆でいたずら書きをしていた。彼は思った――仮にいつの日かお金を作り出す才能を得て、金持ちになったとしたら？ 真っ先にやることは、マーサを連れて二回目のハネムーンに行くことだ。世界一周旅行をして、それから――。

「ミルトン！」

ホーマーは飛び上がった。スプリンガー氏その人が、彼の椅子の横に立って、冷淡な顔を真っ赤に染めて見下ろしていた。

「この五分間、ずっと君のことを呼んでいたんだがね！」

「申し訳ありません、ミスター・スプリンガー。ぐずぐずするつもりはなかったんです」ホーマーは口ごもりながら、帳簿をかき集めた。スプリンガー氏が社長室に入ると、ホーマーは後に続いた。それからの数分間、ホーマーは座りながら、スプリンガー氏が時々ぶつぶつ言ったり、帳簿をめくったりするの待っていた。まもなく、スプリンガー氏が或る項目のところで手を止めた。

「このウィリス社に対する三千ドルの払い戻しだが」彼はうなるように言った。「何に対する払い戻しだね？」

「それなら説明は簡単、単なる損失請求です」ホーマーは何も考えずに答えた。「貨車がすっかり破壊、貨物はすっかり破損。我が社がウィリス社に支払い、鉄道会社が我が社に支払いました。どこの未払いもありません」

「何だって？」スプリンガー氏があんぐりと口を開けた。「ミルトン、どこか悪いのか？　病気かね？」

「いいえ、社長」ホーマーは息を呑んで、また韻を踏むような言葉を発しないように、口を閉じた。

「とにかく、君の話し方は実に変だぞ！」

スプリンガー氏はときどき目の端からホーマーを窺いながら、引き続き帳簿に目を通した。とうとう、最終ページに到達した。

「けっこうだ、ミルトン」そう言ったとたん、社長がさっきよりの大きく口をあんぐりと開けた。社長は目を剝いて最終ページを見ていた。神経質になって、ホーマーは社長が何を見ているのか覗き込んだ。

百ドル紙幣が帳簿のページの下部に貼ってあった。

違う、貼ってあったわけではない。そこに描かれていたのだ！　もちろん、片面だけ、ベンジャミン・フランクリンの肖像が描かれている面だけだった。しかし、確かにそれは本物に見えた。

スプリンガー氏の目は驚きのあまり飛び出しそうだった。最初、彼は百ドル札を取ろうとした。やがて、指をその上に走らせて、本当にページに描かれた物だと納得した。

「ミルトン、これはどういう意味だね？」社長が雷のような声で言った。

ホーマーはぐっとこらえた。今になって、彼は金持ちになることを夢想しながら何かを描いていたことを思い出した——その時に、彼は百ドル札を描いたに違いない。

最後の繊細な一筋に至るまで、完璧な百ドル札だった——ただし、彼は万年筆で帳簿のページに描いたのだが！

「さあ、ぼくにはわかりません。確かです」ホーマーは口ごもった。「前にはなかったのは確かです」

これに対してスプリンガー氏が何と言ったか、彼が知ることはなかった。その時、社長室のドアが開いて、受付のミス・パーキンスがおびえた顔をして現れたからだ。

「スプリンガー社長、ミスター・ミルトンに会いたいと二人の男性がお見えになって——」

しかし、その男たちは待っていなかった。彼らは部屋に入り込んだ。大柄で屈強の男たちで、厳しい目と角張ったあごをしていた。

「財務省だ」一人目の男が言った。「ホーマー・ミルトンと話がしたい。彼の奥さんが、偽の百ドル札を使用した容疑で逮捕され、奥さんは夫からもらったと言っている」

「ほほう？」スプリンガー氏が言った。「この男ですよ。前から犯罪者のような顔をしていると思っていました。それでは、わたくしは失礼させていただきます。監査役を呼んで、彼の口座を徹底的にチェックしてもらわなければ」

そういうわけで、ホーマーは実際たちまち監獄送りとなった。頭の中では驚愕と当惑が渦を巻いていた。もちろん、彼らはホーマーにタックルして、拘置所の扉から彼を投げ込んだわけではない。最初、彼らが大きな、気の滅入るような建物に連れて行くと、そこには目を赤くしてむせび泣いているマーサがいた。

「ああ、ホーマー」彼女はすすり泣きながら言った。「どうしてあんなことをしたの？　素敵な物が欲しいとは言ったけど、あなたに偽札作りをさせてまで欲しい物などなかったわ。わたしは幸せだった、本当に！」そう言うと、彼女は再びむせび泣いた。

その後、厳しい目と角張ったあごをした男たちが交互に彼を尋問した。しかし、ホーマーがクラレンスと〈古式ゆかしいギフト・ショップ〉について説明しようとすればするほど、口を開くたびに調子の良い韻文が彼の口から流れ出し――まあ、その結果はご想像にお任せしよう。

「あの男はいかれている！」とうとう男の一人がうんざりして言った。「商工人名簿には〈古式ゆかしいギフト・ショップ〉なんて店はないし、うちの人間はあの近辺にもそんな店を見つけることはできなかった。独房に入れて、二十四時間じっくり考えさせよう。その後で再度尋問だ。あの韻文を聞いていると頭が変になりそうだ！」

彼らはホーマーを収監する前に、マーサと最後の言葉を交わす機会を与えた。「すべてわたしの過ちだったわ、あなた。あなたはわたしのためにやったのに」彼女はすすり泣きながら彼にしがみつき、涙で彼の上着をしわくちゃにした。「あなたがやったことは少しも気にしていないわ。わたしはあなたを愛していて、あなたの味方です。妹のご主人のいとこが刑事弁護士のモーティマー・フルーグルだから、これからすぐにその人に依頼するわ」

マーサの愛情の証はしばしホーマーを安心させたが、狭い独房に一人残されると、再び意気消沈した。彼は困った立場にいて、そのことを理解していた。

昨夜、彼は万年筆で一葉の紙にいたずら書きをしていた——ただし、彼はただのいたずら書きをしたわけではなかった。自分の知らないうちに、彼は完璧な百ドル紙幣を描いていたのだ。

やがてその後、彼はオフィスで空想に耽っている間、またしてもいたずら書きをして、次に彼の手がスプリンガー氏の帳簿に描いたのは百ドル札の片面だった。すべて、昨夜、〈古式ゆかしいギフト・ショップ〉でクラレンスが彼に「『シリング、ポンド、ペンスにドル、ダイムにセント。この手であなたは作り出す、たとえ偽金であろうとも』」と、ばかげた呪文を唱えたせいなのだ。

「おい、ミルトン！」看守が呼びかけた。「お前に面会だ。これが送話口だ。十分間ですよ、弁護士さん」

独房のドアが開いて、それから閉じた。ホーマーが顔を上げると、妻の妹の夫のいとこであるモーティマー・フルーグルがいた。モーティマー・フルーグルは体格の良い、腹の出た男で、二重三重のあごをして、ピンク色の顔には黒いリボンの付いた眼鏡をかけていた。彼は善意をにじませるだけでなく、それを振りまいていた。

「さてさて、ミルトン」フルーグルは言った。「偽札作りで告発されたんだって？見事な職人技だとも聞いているよ。私に事情を説明してくれないかな」

ホーマーは悲しげに肩をすくめた。

「ぼくはお金を作る才能を買ったんです。その才能は本当に傑作だった、もしもお金が贋作でなければね」彼はため息をついた。「偽札と言いたかったんですよ。ぼくは――」

彼は口をつぐんだ。フルーグルが彼をおかしな目で見ていた。

「君は動揺している」弁護士はなだめるように言った。「もう一度、最初から話してくれないか」

ホーマーは深呼吸した。

「家内に贈り物をしようと思ったんです。彼女が怒る物じゃなくて喜ぶ物を。家内の機嫌を損ねたくはなかったので、このぼくに異変が及ぶことになったのです。クラレンスのやつが騙って売りつけたギフトは、彼は一言も語りませんでしたが、ぼくが偽金造りになるという――」

彼は再び口をつぐんだ。というのも、モーティマー・フルーグルが引いていたからだった。

「けっこうです、ミルトン、まったくもってけっこうです」フルーグルは言った。「もちろん、あなたは気が動顛しているのです。こうしましょう。私の理解するところ、あなたは百ドル札を万年筆で書いたとおっしゃるのですな。いかがですか、私にそれを証明して見せてくれませんか。あなたの弁護理由が強力になる。ぴったりのサイズの紙を持ってきましたから――」

ホーマーの目を見て、彼は黙り込んだ。

「ええ、確かに、もちろんです」フルーグルは独房のドアまで後じさって、早口で言った。「では、こうしましょう。その代わりにあなたはあらゆる真実を書き留める。その間、私は連中と話しに行きます。半時間ほどで戻りますから、その時に戦略を練りましょう」

彼はホーマーの手に紙を押しつけると、看守を呼んで、慌てて出て行った。ホーマーにはフルーグルを責めることはできなかった。彼は万年筆を取り出した。しかし、書いたからといって何になるんだろう？　誰が本当のことを信じるだろう？　そして、彼には真実以外のことなど話せるだろうか？　彼にできることと言えば、罪を認めて、アトランタかレヴェンワース——ひょっとするとアルカトラズ（いずれも連邦刑務所のある場所）——送りになることだ。もしかすると、監獄にいる間にこの呪いも薄れてくるかもしれない。

ホーマーがすでに心の中で刑の半分に服した気分になっていた時、独房のドアが開いてフルーグルがまた入って来た。

「さてさて、すべて書いてくれたかな？」フルーグルがホーマーから長方形の紙綴りを取って尋ねた。「では、拝見——」

彼は口をつぐむと、「オウーク！」というような、首を絞められた時のような音を発した。彼は紙綴りを高くかざしてじっと見つめた。やがて、それを下ろすと、ホーマーを見つめた。

「本当だったんだ！」彼はささやいた。「才能があると言われたが、君——これは才能なんてものじゃない、まさに天才だ」

「何ですって？」ホーマーが訊き返した。「何のことをおしゃっているんです、フルーグル？　それとも、ラッパを吹くみたいに、ほらを吹いているというわけですか？」

フルーグルはこの侮辱を無視した。

「これだよ、君」彼は言った。「私はこのことについて話しているんだ」彼が紙綴りを掲げると、ホーマーの顔色が少し青ざめた。夢想に耽っている間、彼はあらかじめカットしてあった紙片にまたしても百ドル札を描いていたのだ！

彼は取り戻そうとしたが、フルーグルが紙綴りをポケットに入れてしまった。

「さあ、ミルトン、落ち着くんだ」弁護士はなだめるように言った。「このことは誰にも言わないつもりだ。その代わり、私はこれからすぐに君を保釈してもらう。たとえ、保釈金が二万五千ドルかかろうとも。君の才能について話し合わなければならない、ミルトン。本当だぞ！」

というわけで、一時間後にはホーマー・ミルトンは、彼が気に入らない輝きを目に帯びているフルーグルに車を運転させて市内を走っていた。

「なあ、ミルトン」フルーグルは言った。「どうやるのかなんて私は訊かないよ。ごく普通の万年筆で、どうやって君が財務省の人間を欺くほどの紙幣を描くのかは君の秘密だ。しかし、君には才能がある――いや、天賦の才が――そして、この天賦の才は適切に利用しなければならない。

君の失敗の原因は紙だ。さて、偶然だが、私にはもう一人、当局とちょっとした面倒を起こしている依頼人がいる。しかし、彼の場合は紙質が問題なのではなくて、原版が問題だったのだ。

そこで私に名案がひらめいた。二人を引き合わせるべきではないのか？　彼には素晴らしい紙の在庫があり――そう、君にはその紙を価値あるものにする能力がある。私が君を紹介した後で、二人がどのように仕事を進めるかには私は関心がない。しかし、君たちは舌を巻くような仕事を成し遂げるだろうと予言しておく。私の願いは君たち二人を引き合わせたのはモーティマー・フルーグルだということを君が忘れないことだ。

現在の君のささやかな問題については、私がすでに三つの異なる弁護方針を練り上げておいたし、いつだって精神異常のせいだと訴えることができる。その必要が生じたら、君を証言台に立たせてクラレンスという名前の小男についての話をしてもらえばいい。それで決まりだ」

弁護士はホーマーの腕に大きな柔らかい手を押しつけたが、ホーマーは聞いていなかった。というのも、二人はホーマーのアパート近くの、みすぼらしくて薄暗い通りを通っているところで、突然、見知った店が目に飛び込んできたからだ。二人が並んで近づくと、その通りだった。ウィンドウには〈古式ゆかしいギフト・ショップ〉という文字が書かれて、店の中にはただ一つの電球がついていて、かろうじて内部が見えた。

「フルーグル！」ミルトンが声を上げた。「あの店だ！　ストップだ！　ブレーキを踏むんだ、この悪徳弁護士め！」

「どうした？」フルーグルは慌てて自動車を止めた。「どうしたんだ、ミルトン？」

しかし、ホーマーは弁護士相手に言葉を――あるいは韻文を交わしに立ち止まったりはしなかった。彼は車のドアを開けると、歩道に飛び出した。

「ミルトン！」フルーグルが大声で呼んだ。「こっちに戻ってこい。私がポケットマネーで君を保釈したんだぞ！」

しかし、その頃にはホーマーは半ばまで走っていた。彼は〈古式ゆかしいギフト・ショップ〉にたどり着くと、ドアを開けて飛び込んだ。

「クラレンス！」彼は店内の薄暗闇の中で立ち止まった。「顔を見せろ。さもないと、この店をめちゃめちゃにしてしまうぞ！　是非ともお前と話がしたいんだ。隠れたりしないでくれ！」

　鬼火のような二つの目がカウンターの後ろから現れて、彼に向かって別々に瞬（またた）いた。

「こんばんは」クラレンスは言った。右耳のとがった先端が二度、ぴくりと動いた。

「おやまあ、ミスター・ミルトンじゃありませんか！　また別の才能をお買い求めにいらっしゃったのですか？　やれやれ、しかもちょうどわたくしが店を畳んで引っ越そうという時に」

「だめだ！」ホーマーが叫んだ。「とにかく、この才能をなくしてほしいんだ。お金をなくしても生きていくことはできるが、こんな風にひどい韻を踏んで話したり、偽札を描くようなひどい呪いからぼくを解放してくれ。ぼくの今の苦境は笑えない！」

「申し訳ありませんが」クラレンスは決然として言った。「わたくしにはどうすることもできません。お取引は完了したのです。わたくしが規則を設けなかったら、お客様は何度でも返金を要求されます。人間がどういうものかは、ご存じでしょう。けっして満足することがないのです」

　さて、これを聞いてホーマーはいよいよ興奮して、猛り狂わんばかりになり、クラレンスに、返金してほしいと言っているんじゃない、自分の才能を返品したいのだと説明した。こういった説明は押韻だらけの言葉で行われたため、とうとうホーマーは隔靴掻痒（かっかそうよう）の思いで泣き出さんばかりになった。そして、興奮の最中に、彼は何か言ってはいけないことを口走ったらしい。というのも、クラレンスはほんの四フィートの身の丈を反らすようにして、ホーマーに返品は受け付けない、これから店を畳むところで、もはや箱には一個の商品を詰め込む余地もないと断言したのだ。

「今度は十六世紀に行ってみる予定です」クラレンスは言った。「わたくしの商品をもっと信用してくれるでしょう。この世紀では誰も――あなた以外の誰も――信用してくれないし、あなただって満足していないのです。では、さようなら、ミスター・ミルトン！」

ホーマーは周囲を見回して、確かにその通りだと思った――店内はすでに釘打ちした何個かの木箱と、クラレンスがいま梱包を終えようとしている木箱があるだけで、がらんとしていた。クラレンスが木箱にふたをし始めると、ホーマーはこれまで以上に絶望的な気持ちになった。彼は胸を引き裂くような韻文で懇願し、嘆願したので、とうとうクラレンスが折れた。

「わかりました」彼は言った。「あなたの懇願に応えて、あなたの才能を別の才能と交換いたしましょう。しかし、両方とも交換したり返品を受け付けたりすることはできません。不可能です。今回のは神かけて、わたくしの唯一の商いで、帳簿上一つの商品の売り上げもなかったことが本店で確認されたら、進退窮まるかもしれません。

というわけで、それがわたくしにとって、最大限無理をしてできることなのです。さて、どの才能を返品なさりたいのですか——それと交換にどんな才能が欲しいですか？」

ホーマーはほとんど考えるまでもなかった。韻文の才能はとっておいて、お金を作り上げる才能を返品すると言った——というのも、人々に何と思われようとも、韻文で話したからといって、監獄にぶち込まれることはないから。そして、彼は交換して受け取る才能を指定した。すると、クラレンスは彼の手を取って、つぶやいた。

「ディバリー・ドバリー、フラマリー・フロバリー。等価交換は盗みじゃない。これでよし」彼は言った。「済みましたよ。それから今日起きたことについてはご心配なさらぬように。才能がなくなった以上、証拠は消え失せたわけですから。では、さようなら、ミスター・ミルトン」

そう言うと、クラレンスは最後の木箱にふたをはめて、ハンマーで釘を打ち込んだ。最後の釘を打ち終えると、クラレンスと木箱は消え失せ、ホーマー・ミルトンはがらんとしたほこりだらけの店内に一人で立っていた。〈古式ゆかしいギフト・ショップ〉という文字さえも窓から消えていた。

ホーマーの事件が裁判にかかると、彼に不利な証拠は何もなかった——かつては偽の百ドル札だったなどとは誰も信じない、ただの白紙しか残っていなかった。

そこで判事は彼を自由の身にしたが、その前にとても厳しいお説教をし、それに対してホーマーは一言も弁解しなかった。実際、彼が二度目に〈古式ゆかしいギフト・ショップ〉から足を踏み出して以来、彼は食事の時を除いてほとんど口を開けなかった。何を言われようとも、彼は笑みを浮かべるだけで、口に出しては答えなかった。

それ以来、彼はトラブルに巻き込まれたことはないし、彼のことは——三十代後半で、少し髪が薄くなり始め、一緒にいる時はすべてを代弁してくれる魅力的な妻のいる、とてもハンサムな男性だとさえ思うかもしれない。その理由というのは、〈古式ゆかしいギフト・ショップ〉で押韻の才能はとっておかなければと思った彼が選んだのが沈黙の才能であったからだ。

そこで二人は自宅にいる時を除いては互いに会話をすることもなかったが、自宅においてはホーマーがその日の出来事を対句や四行連にしてコメントするのをマーサが聞くことに慣れた。実際、ホーマーがペナント・レースにおけるジャイアンツのチャンスについて論じるのを聞くのは、他の人間が『ケイシー打席に立つ』（有名な野球バラード）を吟唱するのと同じくらい心地よかった。

ホーマーが元に戻ったとしたら、マーサはおおいに動揺したことだろう。というのも、まもなく彼女は夫の才能が商業的に利用できるものであることに気づいたからだ。彼女は彼が簿記の仕事に戻るのを許さなかった。新しい商売に彼の舵を切って、今ではホーマーは百万長者と称しても過言ではなかった。

皆さんは母の日や父の日、クリスマスや誕生日、各種記念日など、ほぼ毎日何かに合わせて売られているグリーティング・カードが何千とあることはご存じだろう。皆さんはきっとこう自問したことが百回はあるに違いない。カードに書かれている他愛のない詩句をどこから取ってくるのだろうと。そう、これが答えだ。

その八十パーセントはホーマー・ミルトン作なのだ。

今度カードをもらったら、詩句を声に出して読んでほしい。たぶん彼の文体に気づかれることだろう。

バラ色水晶のベル

The Rose-Crystal Bell

　モット・ストリートにあるサム・キーの小さな店の内部は、二十年という時の経過の痕跡を何も残していなかった。アメリカニンジンと虎のヒゲの描かれた埃をかぶった壺が同じなら、仏陀(ブッダ)の小さなブロンズ像も同じ、安ピカの品物の間に見事な翡翠(ひすい)が混じっているのも同じだった。イーディス・ウィリアムズはドアが彼女と夫の背後で閉まると、小さな喜びの声を上げた。

「マーク」彼女は言った。「変わっていないわ！　私たちが新婚旅行で立ち寄った時から何か品物が売れたようには見えないわ」

「確かにそうだね」ドクター・マーク・ウィリアムズは妻の後ろの狭い通路まで来て言った。「サム・キーは死んだと言われなかったら、ちょうどデイヴィッドの読んでいるSF小説みたいに、二十年の時をさかのぼったと信じてしまうところだ」

「何か買わなくちゃ」妻が言った。「私に結婚二十年の記念品として。ベルなんかはどう?」

店の奥の暗がりから一人の青年が出てきた。顔つきや目には東洋風の面影があるが、服装も物腰もアメリカ風だった。

「いらっしゃいませ」彼は言った。「何かお見せしましょうか?」

「ベルが欲しいんだが」ドクター・ウィリアムズが含み笑いをした。「まだはっきり決めていないんだ。君はサム・キーの息子さん?」

「サム・キー・ジュニアです。誇り高い父は五年前に祖先の霊廟に祀(まつ)られました。私に言えますのは、父が亡くなったのは――」黒い瞳が瞬(また)いた――「ですが、お客さまはもっと明るい話題がお好みです。皆さんからは風変わりだと思われています」

「私は、とても素敵だしちっとも風変わりだとは思わないわ」イーディス・ウィリアムズが断言した。「お父様がお亡くなりになって残念だわ。再会できるかと思っていたのに。二十年前、私たちが新婚旅行中の若い文無し夫婦だった時、お父様は素敵なバラ色水晶のネックレスを半額で売ってくれたわ」

「それでもきっと利益は出たと思います」黒い瞳が再び瞬いた。「ですが、ベルをお求めでしたら、こちらにありますのが小ぶりの寺院用ベル、駱駝(らくだ)のベル、ディナー用ベル……」

　しかし、店員が話している間に、イーディス・ウィリアムズの手は棚の後ろの商品に伸びた。

「水晶をくりぬいて作ったベル！」彼女が声を上げた。「おまけにバラ色水晶だわ。これ以上完璧な物がある？　バラ色水晶を結婚プレゼントにして、バラ色水晶を結婚記念日のプレゼントにするだなんて！」

　店員の青年は手を半ば突き出した。

「お客さまはこれをお求めにはならないでしょう」彼は言った。「壊れているのです」

「壊れているですって？」イーディス・ウィリアムズは埃を払って、西洋ナシほどの大きさの美しいベル状の水晶を明かりにかざした。「私には完璧に思えるわ」

「完全ではないという意味です」青年からアメリカ人らしいところが消え失せていた。

「舌（クラッパー）がないのです。音が鳴りません」

「おや、確かにそうだ」マーク・ウィリアムズがベルを手に取った。「クラッパーがなくなっている」

「別のクラッパーを付けることができるわ」妻は言い張った。「つまり、本来のクラッパーが見つからなかったらの話だけど」

　若い中国人は首を振った。

「ベルとクラッパーは父が二十年前にわざと切り離したのです」彼はいったんためらってから、こう付け加えた。「父はこのベルを恐れていました」

「ベルを恐れていた？」マーク・ウィリアムズが眉をひそめた。

相手は再びためらいを見せた。

「もしかしたら旅行者向けの話と思われるかもしれませんが」彼は言った。「父はそれを信じていたのです。このベルは中国奥地の山岳地帯にある、仏教徒の或る宗派の寺院から盗まれた物と推定されています。多くの西洋人がキリスト教の裁きの日が聖ペテロのラッパの一吹きで告知されると信じているのと同様に、このベルのように一個のバラ色水晶から彫られ、十年続く儀式で聖別されたベルが鳴った時に、ベルの音が届く範囲にある死者はよみがえると、この小さな宗派は信じているのです」

「なんて神々しい！」イーディス・ウィリアムズは声を上げた。「別に洒落で言ったんじゃないわよ。マーク、あなたがこのベルを再び鳴るようにしたら、あなたのお仕事にも役立つんじゃない！」中国人に向かって、彼女は笑みを浮かべながら言った。「ただの冗談よ。主人は実際にはとても有能な外科医なの」

相手は一礼した。

「話しておかなければなりませんが」青年は言った。「このベルを鳴らすことはできませんよ。同じバラ色水晶から削りだした、本来のクラッパーだけが鳴らすことができるのです。だから父は切り離してしまったのです」

またしても青年はためらった。

「私がお話ししたのは、父が話してくれたことの半分でしかありません。父はこう語りました。『ベルの音は死を打ち負かすが、死に神が敗北することはない』と。死に神が選んだ犠牲者が奪われると、死に神はその代わりに別の犠牲者を取る。こうして、ベルが本来の寺院で使われる時――高位や上級の僧が死んだとしましょう――死に神が重要な人間の命を諦めるように、奴隷や召使いが身代わりとして差し出されるのです」

青年は笑みを浮かべて首を振った。

「まあ」彼は言った。「とんでもない話です。さて、ご入用というのであれば、このベルは十ドルです。もちろん、それに売上税が加わります」

「今の話だけでもそれ以上の価値がある」ドクター・ウィリアムズは言った。「送ってもらう方がいいと思うけど、どうかな、イーディス？　スーツケースに入れて運ぶよりも郵便の方が安全だよ」

「送ってもらう？」彼の妻は何か深い女性特有の夢からはっと目覚めたかのようだっ

た。「あら、もちろんよね。音が鳴らないことについては――私が鳴るようにするわ。私は願うよ」

「この話が本当ならばね」マーク・ウィリアムズがつぶやいた。「そうでないことをできると思う」


小包は土曜日の午前中に届いた。その時、マーク・ウィリアムズは本がずらりと並んだ乱雑な書斎で医学論文を読んで最新情報に追いつこうとしていた。外の玄関ホールでイーディスが小包の包装を解いている音が聞こえた。やがて、彼女がバラ色水晶のベルを手にして入ってきた。

「マーク、届いたわよ！」彼女は言った。「さあ、鳴るようにしてやるわ」

彼女はデスクの横に腰を下ろした。夫はベルを取ると、銀色のペンシルに手を伸ばした。

「単なる好奇心からで」彼は言った。「われわれが聞いた愉快な売り口上を真に受けているわけじゃないが、軽く叩いて音が鳴るか見てみよう。鳴るはずだろ？」

彼はベルの縁を軽く叩いた。くぐもったタンという音しか鳴らなかった。次に彼はコイン、ペイパーナイフ、グラスの縁で試した。いずれの場合も、出てきた音はベルの音とは似ても似つかなかった。

「あなたが試し終わったなら、マーク」すると、女性らしい寛容さを見せてイーディスが言った。「どうやったらいいのかあなたに教えてあげるわ」

「喜んで」夫はうなずいた。彼女はベルを手にすると、しばらく背を向けた。やがて彼女がベルを勢いよく振った。澄んで、妙(たえ)なる音が、部屋中に鳴り響いた——とても儚(はかな)げで、この世のものならぬ音だったので、心ならずも夫の背筋をぞくぞくいうおののきが這い上がってきた。

「これは驚いた！」彼は声を上げた。「どうやったんだ？」

「私はただ、あのクラッパーを糸を使って元の場所に戻しただけよ」イーディスが夫に説明した。

「あのクラッパーだって？」彼は手のひらで自分の額を叩いた。「まさか——二十年前に買った水晶のネックレスのことか？」

「もちろん」妻の口調は冷静だった。「父親がクラッパーとベルを切り離したというサム・キー青年の話を聞いた時、私はすぐにネックレス中央の水晶ペンダントを思い出したの。あれはベルのクラッパーの形をしている——以前、そのことを話したでしょ。」

私は失われたクラッパーを持っているんじゃないかと即座に思ったわ。でも、そのことを口には出さなかった。あなたを出し抜きたかったのね、マーク――」彼女は夫に愛情深く微笑みかけた――「それに、ほら、うちにクラッパーがあると知ったら、息子のサム・キーはベルを売ってくれないんじゃないかという気がしたものだから」

「彼が売ってくれたとは思わないな」マーク・ウィリアムズはパイプを取り上げて、親指で火皿をこすった。「でも、彼は自分がした話を本気で信じているわけじゃないよ」

「ええ、でも父親は信じていたわ。親父さんのサム・キーが私たちに話したとしたら――しわの刻まれた賢明そうな顔をしたあの人のことを覚えているでしょ？――私たちはきっと信じたと思うわ」

「たぶんきみの言う通りだと思う」ドクター・ウィリアムズはベルを鳴らして待った。儚い妙なる音が長いこと空中に漂っているかのようで、やがて消え去った。

「だめだ」彼は言った。「何も起きない。だが、もちろん、この近辺にベルの音に答える死者がいないからなのかもしれないが」

「この話で冗談を言う気にはなれないわ」イーディスが小さく眉をひそめた。「初めはベルをディナー・ベルにして、この話をお客さんに話そうと思っていたんだけど。

でも今は――なんとも言えない」

眉をひそめたまま、彼女がベルを見ていると、玄関ホールの電話が鳴って物思いから引き戻された。

「ここにいて、私が出るわ」彼女は急いで部屋から出た。ドクター・ウィリアムズはバラ色水晶のベルを手の中でひっくり返していたが、電話に答えた彼女の口調が急に張りつめたことに気づいた。妻が戻ると、彼は腰を上げた。

「病院で緊急手術ですって」彼女はため息をついた。「一人前の青年が――自動車事故に遭って。頭蓋骨骨折だと、ドクター・エイモスが言っていた。彼はあなたの手を煩わせたくなかったけど、ドクター・ヘンドリクスが休暇でいないので、市内の脳外科専門医はあなたしかいないと」

「わかった」マーク・ウィリアムズはすでに玄関ホールに出て、帽子に手を伸ばしていた。「人間の仕事は太陽が昇ってから沈むまでだが、医者の仕事に終わりはない」彼は誤った引用（カナダの作家ジーン・リトルの作品に「男の仕事は太陽が昇ってから沈むまでだが、母の仕事に終わりはない」という言葉がある）をした。

「私が運転するわ」イーディスが彼の後に続いた。「そうすればあと十分間、あなたはリラックスして座っていられるから」

マーク・ウィリアムズは失敗の疲労感を抱きながらゴム手袋を脱いだ。彼は以前にも患者を失ったことがあったが、個人的な敗北感を抱いたことはなかった。イーディスは彼が手術に過度に打ち込みすぎると言う。たぶんそうなのだろう。それでも──若者が死ぬ理由は何もなかった。負傷していたものの、手術を始めた時の状態は上々だった。

しかし、手術の途中から患者の容態は悪化し始め、呼吸は不規則になり、脈は弱くなった。そして、マーク・ウィリアムズが繊細な縫合を終えている時に、患者の呼吸が止まった。

なぜ？　マーク・ウィリアムズは自問した。しかし、たぶんそれには答えはないのだろう。生命は気まぐれで予想できないものだ。前夜に彼が手術した別の若者を例に取ろう。彼はこれよりも遥かに悪い状態を見事に切り抜けてみせた。通路を渡った九号室にいて、残りの五十年の人生のために体力を養っている。

彼がスーツの上着に手を伸ばしていると、麻酔医だった若手のドクター・エイモスが近づいて、わかっているとばかりに彼の肩を叩いた。

「不運でしたね、マーク」彼は言った。「あれ以上見事な手術は誰にもできなかった。残念ながら、あの青年は命に見捨てられていたとしか言いようがありません」

「ありがとう、ジョン」マークはことさら陽気に見えるように振る舞った。「時にはこういうこともあるんだ。私としては検死解剖をやってみたい、自分が納得するためにも」

「もちろん。私が指示しておきます。疲れているようですね。帰った方がいい。さあ、上着を着るのを手伝いましょう」

マーク・ウィリアムズが上着を着て、ボタンをはめようとした時、片方のポケットにかさばる物が入っているのに気づいた。

「おや、これは何だ？」そう問いかけて、彼はバラ色水晶のベルを取り出した。電話がかかった時に、きっとポケットに突っ込んだに違いない。「イーディスのベルだ！こんな風に持ってきたなんて知ったら、いい顔をしないだろうな……」

「マーク、危ない！」水晶のベルがドクター・ウィリアムズの疲れた手から滑り落ちて、ドクター・エイモスが声を上げた。ベルを摑んだのはエイモスだった。床に落ちて割れる寸前に、空中でフライング・キャッチしてベルを救ったのだ。突然、ベルが鳴って、か細い高い音を放つと、やがてエイモスの手の中で静かになった。

「際どかった！」年下の男が言った。「きれいですね。これは何です？」

「中国のディナー・ベルだ」マーク・ウィリアムズは答えた。「私としては――」彼は最後まで言い終わらなかった。二人の背後からワイズ看護婦が興奮した声で呼んでいた。

「先生！ ドクター・ウィリアムズ！ 患者が息を吹き返しました！ 脈を打っています。すぐに来てください！」

「何だって？」彼は振り向いて、大股で手術台に戻った。本当だった。脈拍と呼吸が回復していた。彼が見ている間にも、脈拍と呼吸に力が戻ってきた。

「驚いたな！」若手のエイモスが荒い息で言った。「これは大変なことですよ！ 生命が自然と回復したなんて！ こんな症例は読んだことがありません、マーク。結局、われわれは彼を救うことができたんですね」

確かに彼らは若者を救った。その時、マグレガー看護婦が手術室に入ってきた。

「お煩わせして申し訳ありませんが、ドクター・ウィリアムズ」彼女はひどく動揺して言った。「直ちに九号室の患者のところに来ていただけませんか？ 見事な回復の兆候を見せていたのに、五分前に体調が急変しました。ジョンスン看護婦を残して、あなたを呼ぶために来ました——残念ながら、息を引き取られたようです」

道路が空いていて家路に向かう運転が楽だったのは幸運だった。一度ならず、マークはセンターラインを左に越えていることに気づいて、車体を戻さなければならなかった。

「あの青年はどうして死んだのだろう？」彼は自問した。「なぜなんだ、イーディス？……ところで、バラ色水晶のベルを持ってきてしまったよ。君のハンドバッグに入れた方がいい。……彼の回復は順調だった。それが、死んだとばかり思っていた青年の命が助かったと知った時に――救ったと思った患者が死んだんだ」

「そういうことは起こるのよ、ダーリン」彼女は言った。「あなたもわかっているでしょう。一人の医者ができるのはそこまで。残った仕事はいつも自然の手に委ねられているわ。しかも、自然は時に悪戯をする」

「ああ、いまいましい！　わかっているさ」夫はうなるように言った。「それでも、あの青年の命を失ったのは悔しい。納得できる理由がないんだ――私が合併症を見逃していたのでない限り」彼は顔をしかめながら首を振った。「検死解剖するよう指示したが――そう、私自身が検死解剖をするのだ。これから引き返して、今やってしまおう。絶対に原因を突き止めなければ！」

彼は脇道に入って方向転換するために、いきなり左に曲がった。イーディス・ウィリアムズは彼らに向かってくる車が見えなかった。警笛がけたたましく鳴り、ブレーキが悲鳴のような叫び声を上げるのが聞こえ、何者かが背後にいて通り過ぎようとしているのに気づいて、瞬時に凍り付く思いになった。やがて、衝突が起き、彼女はフロントガラスに投げ出され、意識を失った。

イーディス・ウィリアムズは目を開けた。自分が地面に横たわっていて、かがみ込んでいる男が州警察官だと気づく前から、彼女は衝突事故のことを思い出した。頭はずきずきしていたが、思考の混乱はなかった。彼女が身を起こそうとする時にも、衝突事故が起きて、救助が到着し、自分が少なくとも数分間は意識を失っていたことを、無意識のうちに受け入れていた。

「さあ、レディー、無理をしないで！」警察官が彼女をなだめた。「ひどい事故に遭ったのです。救急車が到着するまでじっと横になっていてください。あと五分で来ますよ」

「マーク」イーディスは警官の言葉に何の注意も払わずに言った。「主人は！　主人はだいじょうぶですか？」

「まあまあ、レディー、落ち着いて。ご主人は医師が面倒を見ます。あなたは――」

しかし、彼女は聞いていなかった。州警察官の腕に摑まって、彼女は着座の姿勢に直った。数ヤード離れた場所に自動車が転倒しているのが見え、数台の車が停車して、何名かの人たちがじろじろ眺めていた。二、三フィート離れたところで、頭の下にたたんだ上着を敷いて、夫が地面に横たわっているのが見えた。

　マークは死んでいた。彼女は二十年間、医師の妻だったが、その前は看護婦だった。一目で死んでいるのがわかった。

「マーク」自分自身に向けた言葉だったが、警察官はそれを質問と受け取った。

「ええ、レディー」彼は言った。「亡くなっています。私が到着した時にはまだ息があったのですが、二、三分前に死亡しました」

　彼女は膝を突いた。彼女は夫の横に近づくことしか頭になかった。彼女は夫までの二、三フィートを、依然として膝を突きながらはい進み、夫の脇でかがみ込んで脈を取った。脈はなかった。何も。たった今まで生きていた人間が、今では死んでいた。

　彼女の背後で声が上がった。彼女は振り向いた。警察官の横で、髪の乱れた大柄な男が大声で話していた。

「ねえ、よく聞いてくださいよ、お巡りさん」彼は話していた。「もう一度言いますよ、おれのミスじゃありません。あの男が左に方向転換して、おれの真ん前に来たんです。おれにできたことは何もなかった。三人全員が死ななかったことは驚きです。

彼らの車の傷を見れば、おれのミスではないことがわかります——」

イーディス・ウィリアムズは声に心を閉ざした。彼女はなぜか今でも指で摑んでいたハンドバッグの中を手探りしながら、マークの手を膝に乗せた。彼女は抑えきれない涙を留める(とど)ためにハンカチを探した。何かが手に当たった——滑らかで硬く冷たい物だった。彼女がそれを取り出すと、水晶ベル特有の、か細い妙なる音が聞こえた。彼女の膝の上の手がぴくりと動いた。彼女ははっとしてかがみ込むと、夫の目が開いた。

「マーク！」彼女がささやくような声で言った。「マーク、ダーリン！」

「イーディス」マーク・ウィリアムズが苦しそうに言った。「ごめん——私の不注意だ。病院のことを考えていて……」

「あなた、生きているのね！」彼女は言った。「生きている、い、い、生きている！　ああ、ダーリン、ダーリン、じっと横になっていて、すぐに救急車が到着するわ」

「救急車だって？」彼は抗議した。「もうすっかりだいじょうぶだ。立つのを助けてくれ」

「でも、マーク——」

「頭を打っただけだ」彼は起き上がろうとした。州警察官がやって来た。

「落ち着いて、ねえ、落ち着いてくださいよ」そう言いながら、彼の声には畏怖の思いがこもっていた。

「おやまあ、あんたが無事だったとは嬉しいね！」赤ら顔の男が立て板に水のように話した。「やれやれ、あんた、たとえおれのミスでなくても、おれはすっかり動顚したよ。つまり、どうやったらあんたの車に衝突しないで済んだか、あんな――あんな――」

「彼を支えて！」マーク・ウィリアムズが叫んだが、警察官は間に合わなかった。男は前のめりになって地面に倒れ、そのままぴくりとも動かなくなった。

玄関ホールの時計が静かに二時を告げた。注意しながらイーディス・ウィリアムズは片肘突いて身を起こして、夫の顔を見下ろした。夫は目を開けていて、妻を見返した。

「起きていたの」彼女は言うまでもないことを口に出した。

「数分前に目が覚めたんだ」彼は答えた。「横になったまま――考えていた」

「睡眠薬を持ってくるわ。ドクター・エイモスが、あなたに飲ませれば明日までぐっすり眠れるって」

「わかっている。これから飲むよ。なあ――今の時計の音を聞いて思い出したことがある」

「なに？」

「今日の午後、衝突事故の後、目が覚める直前に、ベルが鳴る音を聞いた不思議な印象があるんだ。耳に大きく響いて、どこから聞こえるのか見ようとして目を開けたんだ」

「ベ――ベルの音？」

「ああ。もちろん、単なる幻聴なのだろうが」

「でも、マーク――」

「なんだい？」

「ベルは――ベルは鳴ったわ。つまり、水晶のベルがハンドバッグに入っていて、それが少し鳴ったの。あなたはまさか――」

「もちろん、違うよ」彼は即座に返答したが、確信があるようではなかった。「私が聞いたのは大きな音のベルだ。まるで銅鑼のような」

「でも――つまり、マーク、ダーリン――その前まではあなたは――脈がなかったのよ」

「それに呼吸も止まっていた。その時、水晶ベルが鳴って、あなたは――あなたは……」

「ばかばかしい！　きみが何を考えているかわかっているけど、私を信じてくれ――ばかばかしいことだ！」

「でも、マーク」彼女は注意深く話した。「相手の車の運転手は。あなたが意識を回復すると、すぐに彼は――」

「彼は頭蓋骨骨折を起こしていたんだ！」ドクター・ウィリアムズは鋭い声でさえぎった。「救急車のインターンがそう診断している。頭蓋骨骨折はその症状が現れないことがしばしばあって、それが――いきなり、一巻の終わりだ。それが実際に起きたことだよ。さあ、この話はこれでおしまいにしよう」

「もちろんよ」玄関ホールで時計が二時十五分を告げた。「今、睡眠薬を飲む？」

「ああ――いや。デイヴィッドは帰宅したのか？」

彼女はためらった。「いいえ、まだ戻っていないわ」

「電話はあったのかい？　遅くとも真夜中までには帰ることになっているのはわかっているはずだ」

「脈がない？」

「いいえ、あの子からは——電話はないわ。でも、今夜は学校でダンス・パーティーがあるから」

「電話をかけない口実にはならないよ。古い自動車を使っているんだったな」

「ええ。今朝、あなたが鍵を渡したのを覚えているでしょ?」

「いよいよ彼が電話をかけるべき理由があるわけだ」ドクター・ウィリアムズはしばらく無言で横になっていた。「十七歳の少年の外出にしては、一時は遅すぎる」

「デイヴィッドには私から話しておくわ。もう二度とやらないでしょう。さあ、お願い、マーク、睡眠薬を取りに行かせて。私は起きているわ、デイヴィッドが——」

闇の中で騒がしく鳴った電話の音で彼女は口を閉じた。マーク・ウィリアムズが受話器に手を伸ばした。内線電話がベッドの脇にあった。

「もしもし」彼は言った。すると、彼女には相手の声が聞こえなかったが、夫が身をこわばらせたのを感じた。彼女にはわかった。災厄についての母親の直感で、彼女は自分の知っている言葉を聞き取れたかのようだった。

「はい」ドクター・ウィリアムズは言った。「はい……なるほど……わかりました……すぐに行きます。……お電話ありがとうございました」

妻が止める間もなく、彼はベッドから出た。

「緊急電話だ」彼は淡々として言った。「行かなければ」彼は服を着始めた。

「デイヴィッドね」彼女は言った。「そうじゃない？」彼女は身を起こした。「私に隠そうとしないで。デイヴィッドのことね」

「ああ」彼は言った。その声は疲れ切っていた。「デイヴィッドが負傷した。私は行かなければ。事故だ」

「死んだのね」彼女は落ち着いて言った。「デイヴィッドは死んだ、そうなんでしょう、マーク？」

彼が近づいて、彼女の横に座り、腕を彼女に回した。

「イーディス」彼は言った。「イーディス――そうなんだ、あの子は死んだ。四十分前のことだ。自動車がカーヴを曲がり切れなかった。遺体は――郡の死体安置所にある。私に遺体の――身元確認を求めている。身元確認だよ、イーディス！　いいか、車は炎上したんだ！」

「私も一緒に行くわ」彼女は言った。「私も連れて行って！」

タクシーは二つの街灯の間の暗がりで待っていた。入口の頭上に青いランプの灯った、郡の死体安置所の長くて低い建物は、通りの地面よりも下に建っていた。通りの歩道からコンクリート製の石段で下るのだ。十分前に、ドクター・マーク・ウィリア

ムズはその石段を下りていた。今、彼が石段を上って戻る姿は、まるで老人のように
こわばり疲れ切ってきた。
イーディスは座席の端に腰かけて、両手を握りしめ、身を乗り出すようにしてタク
シーの中で待っていた。夫が最後の石段にたどり着くと、彼女はドアを開けてタクシ
ーから降りてきた。
「マーク」彼女は震え声で言った。「遺体は――」
「ああ、デイヴィッドだった」その声には抑揚がなかった。「われわれの息子だった。
手続きは終えてきた。われわれにできることは家に帰ることだけだ」
「デイヴィッドを見に行くわ！」彼女は夫の横を通ろうとした。夫は妻の手首を摑ん
だ。気を遣ってタクシー運転手は居眠りしているふりをした。
「やめろ、イーディス！　その必要はない。見てはいけない！」
「私の息子なのよ！」彼女は泣きながら言った。「行かせて！」
「だめだ！　上着の下に何を持っているんだ？」
「あのベルよ、バラ色水晶のベル！」彼女は叫ぶように言った。「デイヴィッドに聞
かせるのよ！」
けんか腰になって彼女は小さなベルを摑んだ手を突き出した。「これのおかげであ

なたは生き返ったのよ、マーク！　今度はデイヴィッドを生き返らせるわ！」

「イーディス！」彼は恐怖に駆られて言った。「そんなことが可能だなんて信じてはいけない。無理だ。あれは偶然だった。さあ、それを渡しなさい」

「いや！　私がこのベルを鳴らすわ」乱暴に彼女は摑まれた手を振りほどこうとした。「デイヴィッドに生き返ってほしいの！　鳴らさせて！」

彼女は手を振りほどいた。水晶のベルは未明の静けさの中で不気味なほどか細く鳴って、静寂を銀のナイフで切り裂いた。

「ほら！」イーディス・ウィリアムズはあえぐように言った。「鳴らしたわ。あなたが信じていないのはわかっているけど、私は信じるわ。デイヴィッドは生き返る」彼女は声を上げた。「デイヴィッド！」彼女は呼びかけた。「デイヴィッド、私の息子！聞こえる？」

「イーディス」ドクター・ウィリアムズがうめくように言った。「きみは自分を痛めつけているだけだ。帰ろう。さあ家へ」

「デイヴィッドが戻らないうちは帰らないわ。……デイヴィッド、デイヴィッド、聞こえる？」彼女は再びベルを鳴らし、ドクター・ウィリアムズがそれを取り返したが、彼女は取り戻そうとはしなかった。

「イーディス、イーディス」彼は苦悶するように言った。「せめて私一人だけで来させてくれていたら……」

「マーク、聞いて！」

「どうした？」

「聞いてよ！」彼女は差し迫った口調でささやいた。

彼は黙った。すると、下の暗闇から若者の声が届いて、恐怖の指先が彼の背筋をなで下ろした。

「母さん？……父さんなの？……どこにいるの？」

「デイヴィッド！」イーディス・ウィリアムズは息をついた。「デイヴィッドだわ！

放して！　行かなくちゃ」

「やめるんだ、イーディス！」再び下から声が呼びかけると、夫が抑えた声で逆上したように言った。

「父さん？……母さん？……上にいるの？　待ってて」

「放して！」彼女はすすり泣いた。「デイヴィッド、こっちよ！　私たちは上にいるわ！」

「イーディス！」マーク・ウィリアムズはあえぎながら言った。「私を愛しているなら、言うことを聞いてくれ。下に降りてはだめだ。デイヴィッドは――校章の指輪と財布で身元確認をしたんだ。彼はやけどしていた――ひどく焼けただれていたんだ！」

「息子に会うわ！」彼女は手をひねって身を振りほどくと、石段に向かって急いだが、その石段を、長身の闇をまとった人影が上ってきた。

ドクター・ウィリアムズは恐怖で胃を締めつけられるようになりながらも、妻を止めようと飛びついた。しかし、彼は足を滑らせて舗道に頭から倒れ込んだので、彼女は石段を上ってくる人影に会おうと息を切らして階段を駆け下りることができた。

「ああ、デイヴィッド」彼女はすすり泣いた。「デイヴィッド！」

「やあ、母さん！」少年は母親をしっかりと抱きしめた。「ごめん。本当にごめんなさい。でも、帰宅して母さんたちがいなくて、サークルのメンバーから電話がかかるまで、事情がわからなかったんだ。彼らが間違ったせいで母さんたちがここに来たことがわかって、ぼくはタクシーを呼んでここまで来たんだ。ぼくのタクシーはそのブロックを回ったところにある入口で下ろしてくれて、ぼくはずっと母さんたちを下で捜していたんだ。……ピートもかわいそうに！」

「ピートって？」彼女は尋ねた。

「ピート・フリードバーグだよ。彼がうちの車を運転していたんだ。彼に車の鍵とぼくの運転免許証を貸したんだ。そんなことすべきじゃなかったけど——彼の方が年上で、どうしてもって頼まれたから……」

「じゃあ——じゃあ、亡くなったのはピートだったの?」彼女は息を呑んだ。「ピートが——焼け死んだの?」

「うん、ピートなんだ。彼に車を貸したことで、ぼくは気分が悪いよ。でも、彼は運転が巧いと思っていたから。それで、母さんたちに電話がかかったんだ、母さんと父さんはぼくが——」

「じゃあ、マークが正しかったんだわ。もちろん、彼が正しいのよ」彼女は今では笑いながら泣いていた。「ただのベル、きれいな小さなベル、それだけだわ」

「ベルって? 何を言っているのかわからないよ、母さん」

「気にしないで」イーディス・ウィリアムズは息苦しくなった。「ただのベルよ。生と死に何の影響も及ぼさない。生命を取り戻したり、奪い去ったりしない。でも、お父さんのところに戻りましょう。お父さんはベルが——ベルが本当に効いたのだと思っているかもしれないから」

二人は階段の残りの石段を上った。ドクター・マーク・ウィリアムズは頭から舗道に倒れたその場所に依然横たわっていた。タクシー運転手が彼にかがみ込んでいたが、なすべがなかった。彼が倒れた時に水晶のベルは彼の体の下になって壊れていた。
長く繊細な水晶の破片が彼の心臓に食い込んでいた。

エル・ドラドの不思議な切手
The Marvelous Stamps from El Dorado

「今ではこの三角切手は」マルカムがガラス張りの額縁に収まった、色あせた赤、青、緑、黄、黒の五枚の切手を指しながら自慢げに言った。「たぶん、切手蒐集家に知られている最も稀少で、最も興味深い完璧なセットだろう。その価値は確定していない。今までセットで売買されたことがないからだ。しかし――」

この時、モークスが口を挟んだ。モークスがいるにしては、マルカムはいつもより話を続けることができた。しかし、モークスは――彼のフルネームはマーチスン・モークスという――前かがみになって切手を覗き込んでいて、それから上体を起こしてマルカムの方を向いた。

「確かに稀少だが」モークスは彼一流の控え目で沈んだ口調で言った。「私はかつて、これよりも稀少で、一層興味深い切手を一組所持していたことがある」

マルカムの表情は不快感で黒ずんだ。モークスはそれに気づいていないようだ。もしも朝刊で、年の頃は四十歳、髪は薄茶色、細面で悲しげな顔をした、身元不明の死体が発見され、死因は激しい殴打によるものであると報じられたら、モークスが定められた運命に殉じたのだと私は思っただろう。

というのも、あなたが何を見てきたとしても、奇妙さでモークスを上回る人間はいないからだ。あなたが何をしたとしても、彼の方がずっとわくわくするようなことをやってのけている。あなたがどこに行ったことがあるにせよ、彼の方が先に行っており、おまけに相当に危険な状況のもとでなのだ。

そして、あなたが何を所有しているにせよ、彼の方がさらに稀少な物を所有しているのである。

モークスのような男に運命づけられているのは極端に厳しい運命なのだ。何年間も友人たちはモークスのような人間に我慢を重ね、邪魔をするのを許し、話に耳を傾け、歯を食いしばってきた。しかし、いつかは誰かの自制心が折れてしまう時が来る。

そして、その日が来ると、彼を知っている人間が全員、そのような行為はまったく正当なことであるとうなずいて認めるしかないのだ。

これまでに私自身がモークスに対して裁きを下すことにならなかったのは驚きだった。私が苦しんでいたことは誰も知らない……。

それはともかく、私はマルカムの言葉がモークスの記憶——あるいは想像力——に与えた刺激によってモークスが語った話を述べるところだった。

それこそがモークスの油断のならない点だ。いかにあなたが彼に腹を立てようと、あなたは耳を傾けるしかない。そして彼が話し終えた時、彼の話がまったく信じられないものであったとしても、あなたにはその話が真実ではないことをおそらく証明できないのである。

しかも、時には数日後に、その時には思いつかなかった、モークスを論破して嘘をついていたと認めさせる反論を、気づいた時には、あなた自身が口に出していることもあるのだ。たとえ完全には確信を持てないにしても……。

だが、話を元に戻そう。自制しなければならない。少なくとも私は仕返しをする方法を考えついたのだから。

モークスの話を書き留め、それが荒唐無稽ではない場合には小説として売るのである。このようにして、モークスに現金や食事の形で吸い取られた金額の埋め合わせをするのだ（時々、書斎の寝椅子に寝かせてやっていることについては、彼に対する貸しとはしない。それで私がお金を損するわけではないから）。

さて、切手の話だ。

「君は私の三角切手以上に稀少な切手セットを持っているんだって？」マルカムが尋ねた。どす黒い血が頰の辺りまで上っていた。

ところが、モークスはマルカムの声が甲高くなったこと――その部屋にいる全員の注意を引きつけた――にはまったく気づいていなかった。

マルカムの貴重な切手コレクションは、われわれのクラブにおける今度の一般公開日――年に一度、クラブの入口が会員の女性親族や友人に開放される日――の呼び物として展示されることになっていた。

「いや、今は持っていない」モークスは穏やかに訂正して首を振った。「かつては持っていたんだ」

「ほほう！」マルカムが鼻で笑った。「たぶん燃えてしまったんだろう？　それとも盗まれたのか？　あるいは紛失した？」

「いや」――ここでモークスはため息をついた――「使ったんだ。郵送するのに、という意味だよ。その比類ない独自性に気づいたのは後になってからだった」

マルカムは唇を嚙んだ。

「この切手セットは」三角形の切手をおおっているガラス板に手を置いて彼は言った。「少なくとも人間一人の命くらいの値段なのだぞ」

「私のは」モークスは間髪容れずに答えた。その声は穏やかそのものだった——不思議なことに、ひとたび彼が全員の注意を引きつけた後はいつもそうなるのだった——「一番の親友の命が代償だった」

「一番の親友の命を支払うことになったというのか？」食いしばった歯の間から、マルカムが訊き返した。

モークスは首を振った。その顔は、思い出すと今でも心の痛む過去に戻ったかのように、内省的な悲しみを湛えていた。

「わからない」彼は答えた。「本当にわからないんだ。違うのではないかと思っている。正直言って、ハリー・ノリス——それが友人の名前なんだが——彼は現在、ここにいる誰よりも十倍も幸せなんじゃないかと思う。そして、私としては彼と一緒だったらと思うと、気まずさがないわけではない——」

その場にいた全員が彼の話が聞こえる範囲に集まってくるのを見て、彼はいきなり口をつぐんだ。

「とにかく、一部始終を話した方が良さそうだ」彼は前よりもはきはきした声で言った。「そうすれば充分に理解してもらえるだろうから」

嬉しそうに笑みを浮かべながら、モークスは安楽椅子に腰を下ろすと、くつろいで心の準備をした。

私自身は切手の蒐集家ではない（マルカムに向かって愉快そうにうなずいて見せながら彼は話し始めた）が、父はそうだった。父は数年前に亡くなり、遺品の中に切手のコレクションもあった。

とりわけ優れたコレクションではなく――父は稀少性とか価値よりも、美しさに重点を置いて蒐集していた――売った時にわかったが、わざわざ価格の見積もりをさせる手間を払うだけの見返りはなかった。

一時はコレクションをそのまま手元に置くことも考えた。父のコレクションの中で、とりわけ異国情緒漂う鳥や動物が描かれた熱帯の国の切手はとても華やかだったからだ。

しかし、結局はすべて売り払うことにした――ただし、業者が贋作だという理由で受け取りを拒否した一セットの切手を除いて。

贋作とは！　せめて業者が本当のことを知ってさえいたら――。

しかし、もちろん、私は業者の言葉を素直に信じた。業者ならわかっているのだろうと思ったのだ。特に、その五枚の切手は私がこれまでに見たことのある切手とはかなり違っていて、父の切手アルバムにも入っていなかったので。その代わり、封筒に入れてアルバムの裏に挟んであった。

贋作だという業者の意見は、切手アルバムの中に収められそうなスペースがなかったことで、さらに信憑性を増した。その切手の発行国に割り当てられる項目さえなかったのだ――しかし、それは決定的なことではない。というのも、アルバムは小さくて、知名度の低い国をすべて含んでいるわけではないからだ。

しかし、贋作であろうがなかろうが、その切手は興味深いと同時に魅力的だった。五枚の切手は額面が異なっていた。十セント、五十セント、一ドル、三ドル、五ドルだ。

いずれも未使用で、新品同様（ミント）の状態だった――専門用語ではそう言うんだろう、マルカム？――そして、華やかな色彩。朱色に群青色、エメラルド色に黄色、オレンジ色に藍色、チョコレート色に象牙色、黒に金色。

そして、そのいずれもが大判だった――サイズは現在の航空郵便切手のおよそ四倍だ。切手に描かれた景色には鮮やかさと現実味があって、それは父の持っていた最も色彩豊かな切手にさえも欠けているものだった。

とりわけ、現地人の娘が頭にフルーツの大皿を載せた図案の三ドル切手ときたらいや、話が先走ってしまったな。簡単に言えば、贋作切手だと思った私は、机の中に入れて、何年もそのことを忘れていた。

或る夜のこと、引き出しの奥を引っかき回している時に、まったくの偶然からその切手を見つけた。親友ハリー・ノリスに宛てて書いたばかりの手紙を入れる封筒を探していたんだ。ハリーは当時、ボストンに住んでいた。私はニューヨークを離れることはできなかったので、頻繁に文通していた。

たまたま見つかったのは父の切手を入れた封筒だけだった。私は中身を空けて、封筒に住所と宛名を書き、手紙を封入した後になって、五枚の不思議な切手に注意を惹きつけられた。

華やかな色彩は目を楽しませ、描かれた絵は想像力を刺激した。私がそれを放置して忘れてしまってからすでに何年も経っているので、細部については記憶から抜け落ちてしまっていた。その時になって、私はその切手をじっくりと調べた。

すでに述べたようにいずれも大判――大きさは通常の郵便切手というよりも、手荷物用のラベルくらい――で矩形だった。しかし、それを言ったら、もちろん、その切手は並の郵便切手ではなかった。郵便切手という言葉の意味するようなものではなかったのだ。

切手の上端には太字で**エル・ドラド連邦国**（エル・ドラドは黄金郷のこと）という一行が記載されていた。次に、両端中央に額面金額が記載されていた。そして、下端には〝高速郵便〟という一行があった。

こういう事柄には慣れていなかったので、初めて見た時にはエル・ドラドというのは東洋の小国の一つか、ひょっとしたら中央アメリカにある国かもしれないと思った。高速郵便というのは、おそらくわれわれの航空便に相当するのだろうと判断した。

額面がセントとドルで表示されているため、私としてはラテン・アメリカ説に傾いていた。あそこには、エル・サルバドルとかコロンビアとか、小国が多数あって、私はいつも混乱していた。しかし、その時まではそれについては実際のところ充分には考えていなかった。

切手をしげしげと見ていると、あの切手業者は自分の商売に通じていたのだろうかという疑問が湧き起こった。切手は非常によくできていて、彫版は見事なまでに迫力があり、色彩は大胆で魅力的なため、贋作者が作り上げたとは考えにくかった。私にとってその切手は本物だった。

確かに描かれた主題はありきたりなものではなかった。例えば、額面十セントの切手には一角獣が描かれ、後ろ足で立ち上がり、頭を上げ、螺旋形の角を大空に向け、たてがみを風に翻して、まるで本当に生きているかのような絵だった。

それを見たら、画家が現実にユニコーンをモデルに描いたとしか考えられなかった。もちろん、ユニコーンなど実在しないことは考えに入れないとしてだ。

五十セント切手には海神ネプチューンが三叉槍を高く掲げ、引き具をつけた二頭のイルカにまたがって泡立つ波間を進んでいる姿が描かれていた。最初の切手と同様に真に迫っていた。海神は片目をウィンクさせてもいた。よく見ると、海神は隅に描かれた人魚に向かってウィンクしていることがわかる。

一ドル切手には牧神パンが葦笛を吹き鳴らし、背景にはギリシャ神殿が描かれ、三頭のサチュロスが草の上で踊っている。見ていると、牧神の演奏する曲が聞こえるような気がした。

私はちっとも大げさに話しているわけじゃない。確かに、牧神パンはギリシャの専売だったから、熱帯にある国が切手にパンを描いていることにはいささか戸惑った。しかし、三ドル切手に移ると、そんなことはすっかり忘れてしまった。

その切手が私に——後になってハリー・ノリスにも——与えた印象を言葉で表現することは、たぶん私にはできないのかもしれない。

中央の人物は少女だった。このことはさっき話したと思う。現地の娘が熱帯の花々を背景にして密やかな笑みを浮かべている。その笑みは、少女の純潔無垢と女性の生まれながらの叡智とを示していた。現地の風習にしたがって、思い浮かぶ限りのあらゆるフルーツを山と積んだ皿を頭上で支えていた。

私はかなり長い間、その娘を見つめてから、切手セットの最後の五ドル切手に目を移した。

この切手はこれまでの物と比べると興味深いものではない。あくまでも比較の話——単なる地図だったのだから。切手には整然とした文字でエル・ドラド海と書かれた広大な海の中に幾つかの小さな島が描かれていた。その島々がエル・ドラド連邦国そのものを表し、一番大きな島に小さな丸印で示され、ニルヴァーナ（涅槃、悟りの境地）と書かれているのが首都だろうと思った。

数分間というもの、私はハリー・ノリスへの手紙のことをすっかり忘れていた。この次に船旅をする時には、どうしてもエル・ドラドに立ち寄らなければならないと考えていた。すると、私の目が封筒に留まり、本来の目的を思い出した。

突然、或る考えが閃いた。ハリーには切手を集めている甥がいる。面白半分にエル・ドラドの贋作切手の一枚を——仮に贋作としての話だが——官製切手に並べてハリー宛の手紙に貼り、郵便局を通過するかどうか確かめてみよう。もし通過したら、ハリーの甥は稀少な切手を手に入れることになるかもしれない。アメリカの消印の押された外国切手は、いつの日か市場に出て専門家を仰天させるかもしれない。

ばかげた考えだったが、夜も遅くなっていて、切手に関する発見で私は愉快な気分になっていた。私はすぐにエル・ドラドの十セント切手の糊面をなめてハリー宛の封筒の隅に貼り、立ち上がって並べて貼る官製切手を探しに行った。

私は寝室まで探しに行き、必要な郵便料金の切手はコートの中の財布にあることに気づいた。私が席を立っている間、手紙は机上の見える場所に置きっぱなしだった。

ところが、書斎に戻ると手紙は消え失せていた。

私が当惑したのは言うまでもない。他の場所に移動するはずなどなかった。持っていくような人間もいない。窓は開いていたが、二十階分の高さを見下ろす最上階の窓だから、誰も窓から入ってこない。

封筒を床に落とすような風も吹いていなかった。私は探した。実際、あらゆる場所を探し回り、いよいよ当惑するばかりだった。

当惑しきってあきらめようとしていたちょうどその時、電話が鳴った。

ハリー・ノリスがボストンからかけてきた電話だった。もしもしと言った時の彼の声は、いささか緊張していた。私にはすぐにその理由がわかった。

三分前のこと、彼が寝る用意をしていた時、なくなったものと私があきらめた手紙が、窓から飛び込んできて足元の床にひらひらと落ちたというのだ。

翌日の午後、ハリー・ノリスがニューヨークにやって来た。手紙に貼ったエル・ドラドの切手について説明してから、二人で切手を調べるまで安全に保管する以外、他の切手には手を触れないことを、彼と電話で約束していた。

起きたことの原因が切手にあることは明らかだった。何らかの方法で、切手は手紙を私の書斎から直接、ハリー・ノリスの足元まで、三分という時間で運んだのだ。これは時速約四千マイルに相当する。

そう考えると想像力を揺さぶられた。少なくとも、私はそうだった。

ハリーはちょうど昼食時間に到着し、食事をしながら私は彼に知っていることを洗いざらい話した。まさに今みなさんに話したことを。彼は私の提供した情報の乏しさに失望していた。しかし、すでに知っている事実には何一つ加えることはできなかったし、事実が自ずから真実を語るのである。

要するにこういうことだ。私がエル・ドラドの切手をハリー宛の手紙に貼ると、手紙は何の中間手続きを経ることなく即座に配達されたのだ。

「いや、そんなことがあるはずがない！」ハリーが声を大にして言った。「いいか、手紙を持って来た。さあ――」

彼は手紙を私に差し出した。それを見て、私が間違っていることに気づいた。何らかの中間手続きを経ていたのだ。切手に消印が押されていたのだから。そう、封筒にもはっきりと読み取れる薄紫色のインクで消印が押されていた。

エル・ドラド連邦国と消印には記されていた。我が国と同様に円形だった。円の中央には普通は消印を押した時刻があるところだが、単に木曜日とあった。

「今日は木曜日だ」ハリーは言った。「君が手紙に切手を貼ったのは真夜中過ぎだったのか？」

「真夜中を過ぎたばかりだった」私は言った。「エル・ドラドの人たちが時間や分に何の注意も払っていないのは妙じゃないか？」

「熱帯の国だということを証明しているだけだ」ハリーが自説を述べた。「熱帯では時間はあまり、あるいはまったく意味を持たないからね。しかし、ぼくの言いたいのはこういうことだ。消印が木曜日であることは、エル・ドラドがおそらく、君の示唆した通り、中央アメリカにあることを示している。仮にインドや東洋にあったとしたら、消印は水曜日になるはずだろう？　時差があるからね」

「あるいは金曜日かな？」そういった事柄はあまり知らなかったので、私は疑わしげに尋ねた。「いずれにせよ、それは容易にわかる。地図を見ればいい。どうしてもっと前に考えつかなかったんだろう」

ハリーが顔を輝かせた。

「もちろんだ」彼は言った。「君の地図はどこにあるんだ?」

しかし、私の家には地図がないことが判明した——小さい地図さえもだ。そこで中心街にある大型書店の一つに電話をして、最新の一番大判の地図帳を届けてもらうことにした。そして、地図帳が届くのを待っている間に、われわれは手紙を再び調べて、配達された方法について首をひねった。

「高速郵便とはね!」ハリーが説明した。「確かに高速だ! 航空便は完敗だ。おいおい、あの手紙が実際に中央アメリカを経由して消印を押され、それからボストンに届いたとなると、平均速度たるや——」

われわれはちょっとした概算をした結果、見積もられた速度は毎分二千マイルになった。計算が終わると、われわれは互いに目を見合わせた。

「なんてこった!」ハリーは息を呑んだ。「エル・ドラド連邦国は熱帯の国かもしれないが、郵便に関しては本当に新機軸を打ち出したことになる! これまで聞いたことがなかったのはどうしてだろう」

「秘密にしていたのかもしれない」私が仄めかした。「いや、違うな。だって、私は

何年も前から切手を持っていたから。もちろん、父はそれよりも前から持っていたん

だ」

「なあ、不思議じゃないか」ハリーが暗い声で言った。「君が話した他の切手はどこ

にある？　地図が届くのを待っている間に、ちょっと試してみるべきじゃないか」

そう言われて、私は残りの四枚の未使用切手を取り出して、彼に手渡した。ところ

で、ハリーはいろいろな才能の持ち主だったが、とりわけ画家として優れていた。彼

は図案の職人芸に賛嘆の口笛を吹いた。一枚一枚切手を丁寧に見たが、彼の目を惹き

つけたのは——予想通り——額面三ドルの切手だった。

「なんという美しさだ！」ハリーが思わず声を上げた。

ハリーが切手のことを言ったのか、描かれた娘のことを言ったのかはわからないが、

私は自分なりに疑惑を抱いた。何と言っても、私の反応と同じだったからだ。それに

ハリーは私よりも若い。それに、さらに付け加えれば、私よりもずっと顔立ちが良か

った。

しかし、まもなくハリーはその切手を置くと、最後の切手を吟味し終えた。そして、

私の方を向いた。

「ぼくに理解できないのは」彼は感想を述べた。「これらの図案の迫真性だ。何も知識が与えられていなかったら、ぼくがどういう疑念を抱いたと思う？　この切手は原版を彫って作ったものじゃないと思っただろうね。新しい写真製版技術によるものだと信じただろう」

「写真製版だって！」私は声を上げた。ハリーはうなずいた。

「もちろん、そんなはずはないことは、君もぼくもわかっている」彼は言い添えた。「ユニコーンにネプチューンやパンは、現代ではそこらへんにいて写真が撮れるようなものじゃない。だけど、それがぼくの受けた印象なんだ」

私も同じ印象を受けたと白状した。しかし、あり得ないことだという点で意見の一致を見てその件を片づけると、手紙の配達方法に関する問題に立ち返ることになった。

「手紙が消えたとき、君は部屋にいなかったということだけど」ハリーが言った。「つまり、君は手紙がなくなるところを見たわけじゃない。手紙に切手を貼って背を向けた時に、実際に何が起きたのかは知らないんだろう？」

私がそうだと答えると、ハリーはしばらく爪でかつかつと自分の白い揃った歯を突っつきながら、黙って考え込んだ。

とうとう彼が顔を上げた。

「考えたんだが」彼は言った。「他の切手を使って物を送ることで何かわかるはずだ」

どうしてもっと前にその考えが思い浮かばなかったのか、私には想像もできない。ハリーがそのことを口にした瞬間に、その考えの正しさが理解できた。決めなければならないのは、何を、そしてどこに送るかということだけだった。

そのまま数分間が過ぎ去った。まだわれわれ二人以外にこのことを知らせたいと思うような人間はいなかった。われわれ二人が一緒にいるので、相手に郵便を送っても仕方がない。

「そうだ！」ついにハリーが叫んだ。「まさにエル・ドラドその国に送ればいいんだ！」

そう考えて、彼は興奮した。

私はすぐにその考えに同調したが、送ろうと決めた物が手紙ではなくて、どうして私の飼っている、老いぼれて病気のシャム猫トーマス・ア・ベケット（イングランドの聖職者と同じ名）になったのかは思い出せない。

覚えているのは、彼がそう口にし、その時は充分に論理的だと私が思ったことだけだ。もしかしたら、すでにその時、彼の頭の中に何らかの考えが呼び覚まされていたのかもしれない——しかし、前に述べた通り、私にはわからない。どうしてそのような考えが思い浮かんだのかはわからないが、トーマス・ア・ベケットを送ることに決めたのだ。

生き物を処分する心優しい方法なのだと、私が自分を納得させたことはわかっている。時速十二万マイルという恐るべき速さで空間を輸送されたら、猫は即座に痛みもなく苦痛から解放されることになるだろう。私自身がそうするか、してもらうかという務めから解放されることになる。猫に何らかの考えがあるとすればの話だが、有効な科学的目的のために役に立ったと考えて自分を慰めることができる。

エル・ドラドの郵便局が死んだオスのシャム猫の所有者になったと知ってどう思うかについては、私は何も考えていなかった。

トーマス・ア・ベケットはぜいぜいと苦しそうな息をして長椅子の下で眠っていた。適切な大きさの段ボール箱を見つけ、空気穴を幾つか空けた。それから、トーマスを持ち上げて箱に入れた。猫は目ヤニの付いたしょぼしょぼした目を開けて、私をぼんやりと見ると、再び眠り込んだ。心の痛みを感じながら、私はふたを閉め、箱を麻紐で結んだ。

「さて」ハリーが考え込んだような風情で言った。「どの宛先に送るかという問題が残っているな、当然のことだが。もっとも、どんな宛先でもわれわれの目的にはかなっているが」

彼はペンを取り上げると、すばやく書いた――ミスター・ヘンリー・スミス、エリジアン・フィールズ・アヴェニュー七一一番（エリジアンは「極楽浄土の」の意）、ニルヴァーナ、エル・ドラド連邦国。さらに、その下に〈生もの！　取扱注意！〉と書き加えた。

「しかし――」私は言いかけた。ハリーがそれをさえぎった。

「ああ」彼は言った。「もちろん、そんな住所など知らない。たった今でっち上げたんだ。だけど、郵便局の人間にそんなことはわからないだろ？」

「しかし、どんなことになるかな、もしも――」私は再び口を開いたが、またしても私が疑問を言い終える前に彼がそれに答えた。

「配達返送不能郵便物係に届けられることになるだろうね」彼は言った。「もしも猫が死んでいたら、死体は処分されるだろう。生きていたら、きっと丁重に世話してもらえると思うよ。切手を見て、この国で生きていくのは簡単で楽しいという印象を受けたし、気候も快適だろう。この猫の祖先は熱帯地方に住んでいたんだよ」

彼の答えで私の疑問は沈黙した。ハリーは切手――五十セントの切手――を取り上げると、糊の付いた面をなめて、箱にしっかりと貼り付けた。そして、手を引っ込め、箱からしりぞいて私の横に立った。

われわれは熱いまなざしで小包を見つめた。

すぐには何事も起こらなかった。

やがて、ちょうどハリー・ノリスの表情に失望が広がり始めた時、トーマス・ア・ベケットを入れた箱がゆっくりと宙に浮かび、羅針盤の指針のように向きを変えて、開いた窓に向かって加速しながら移動していった。

窓に達した時点で、小包は相当な速さになっていた。小包は窓を高速で通り抜けて戸外に出た。われわれが窓に駆け寄ると、小包がマンハッタンの上空を西の方角に上昇していくのが見えた。

われわれがじっと見つめていると、やがて小包は輪郭がぼんやりしてきて、おぼろになり、たちまちのうちに完全に見えなくなった。ちょうどライフル銃の弾丸が目に見えないように、あまりにも速すぎたからだと私は言った。

しかし、ハリーの考えは違った。われわれが部屋の中央に戻る時、彼は首を振っていた。彼の目は激しい驚きでぎらぎらしていた。

「違う」彼は言った。「これが説明だとは思えない。ぼくの考えでは――」

彼の考えがどんなものだったかは、私にはわからなかった。というのも、ちょうどその時、彼が口をぽかんと開けたまま黙り、体をこわばらせたのがわかったからだ。彼は私の背後を見ていた。何が彼の身をこわばらせたのか見ようとして私は振り向いた。そして、私の体も凍り付いたようになったと思う。

窓の外で、われわれは小包が消え失せるのをたった今見たばかりだった。その小包が今、窓の外の宙に浮かび、それからゆっくりと部屋に入り、さっと降下して、ものの二分前に飛び立ったテーブルに軽やかに舞い戻ったのだ。

ハリーと私は駆け寄った。きっとわれわれの目は飛び出しそうになっていたに違いない。

手紙と同様に、小包には日付入りの消印がきちんと押されていたからだ。小包にはさらに、隅に大きな紫色の文字で、〈送付人に返却。記載の住所に名宛人存在せず〉というスタンプが押されていた。

「いやはや!」ようやくハリーが口を開いた。適切な発言ではないが、われわれ二人が考えつく言葉といったらそれしかなかった。すると、箱の中からトーマス・ア・ベケットが啼き声を上げた。

私は麻紐を切ってふたを開けた。トーマス・ア・ベケットがここ数年見せなかった元気な様子で、勢いよく箱から飛び出した。猫は床に飛び降りると、まるで憤慨しているかのようなうなり声を上げながら、部屋の中を往(い)ったり来たりし始めた。

このことは否定しようがない。猫は寿命を全(まっと)うするどころか、ほんの短期間ではあるがエル・ドラドへ行ったことにより、活力を取り戻したのである。五歳は若返ったように見えた。

ハリー・ノリスは両手で箱をひっくり返して調べて、途方に暮れたような表情をしていた。

「ぼくに理解できないのは」と彼は言った。「エリジアン・フィールズ・アヴェニュー七一一番なんて住所が実際に存在していることだ。誓って言うが、気まぐれにでっちあげた住所なんだ」

「それ以上に理解できないことがある」私は彼に指摘した。「小包が返送されてきたことだ。返送先住所を書かなかったんだぞ」

「確かにそうだ」ハリーはうなずいた。「しかし、それは単に彼らがどこに返送したらいいかわかっていたからだろう？　エル・ドラド連邦国の人間は実に驚くべき郵便システムを構築しているからね。ワシントンが模倣したらおおいに益する点が幾つもあると思うよ」

彼はこれまでよりも長いこと考え込んだ。やがて、彼は箱を置いた。

「どうやら」彼は奇妙な表情を浮かべながら言った。「われわれがわかっていると思っている以上のことがありそうだ。かなりのことがね。すべての真実はわれわれが思いも寄らないほどわくわくさせるものではないかと思うんだ。エル・ドラド連邦国についで言えば、ぼくには仮説があって――」

しかし、彼は自説については語らなかった。その代わり、チョコレート色と象牙色の三ドル切手が再び彼の目を惹き、黙り込んで切手を取り上げた。

「神かけて」彼は私にというよりも自分に向かって言うかのように、ささやき声で言った――彼は時にそういう古めかしい言葉をもらすことがあった――「彼女は美しい。神々しいよ！　こういうモデルならば画家も傑作が描けるだろうな。ぼくのような画家でも。彼女に会うためならば、ぼくは何だって――何だって――そう、何だってくれてやるとも」

「そのためには、エル・ドラド連邦国に行かなければならないようだね」私が軽々しく言うと、ハリーははっとなった。

「そうとも！　それに、ぼくは喜んで行くつもりだ。聞いてくれ！　この切手を見ると、エル・ドラドという国がかなり魅力的であることがわかる。二人で行ってみないか？　ぼくたち二人は何の束縛もないし――」

「君はこの切手のモデルの娘に会うために行きたいのか？」私は尋ねた。

「いけないかい？　それ以上の理由が思いつくか？」と彼は尋ねた。「他にも理由はある。一つには気候だ。あの猫がどれほど元気になって戻って来たか考えてもみろよ。ちょっと遠出をしただけで何歳も若返ったんだ。とても健康的な国に違いない。たぶん、君はまた若者になるよ。しかも――」

しかし、それ以上話す必要はなかった。私はすでに納得していた。彼の言う通り、あの切手からエル・ドラド連邦国は素晴らしく魅力的な国であるという印象を受けていたからだ。

「わかったよ」私は賛成した。「一番出発の早い船に乗って出かけよう。しかし、着いたとして、どうやって――」

「論理だよ」ハリーが勢いよく言った。「純粋に論理によってだ。その娘は画家のモデルになったはずだろう？　エル・ドラドの郵政長官ならば画家が誰なのか知っているはずだろう？　まっすぐ郵政長官のところに行くんだ。彼が画家に導いてくれる。画家がモデルの名前と住所を教えてくれる。これ以上簡単なことはないだろう？」

私はいかに簡単なことなのかわかっていなかった。今になって、彼のもどかしさがこちらに伝染してきた。

「もしかすると、船で行かなくてもいいかもしれない」私が言った。「たぶん飛行機があるだろう。それなら――」

「船だって！」ハリー・ノリスが鼻を鳴らして、手を振り回しながら部屋中を往ったり来たりした。「飛行機だって！　お望みならば船だろうと飛行機だろうと乗ることはできる。もっと名案を思いついた。郵便でエル・ドラドに行くんだ！」

彼の考えがいかに見事なまでに単純であるかということに気づくまで、私はいささか呆然となっていた。しかし、彼は即座にトーマス・ア・ベケットが旅をして、傷一つ作ることなく戻って来たことを指摘した。猫にできることならば、人間にもできるはずだ。

目的地をどう選ぶかという点以外には何の障害もなかった。宛名が適切でなかったために不本意にも送り返されるとしたら、無駄な努力というものだ。

「ぼくはそのことも考えてみた」私がその問題を口にすると、ハリーは即座に言った。「エル・ドラドに着いて、最初にぼくがなんとしても会いに行かなければならないのは郵政長官だ。確かに郵政長官は存在するはずだ。彼宛の郵便物ならば容易に届けられるだろう。そこで、一石二鳥を狙って、ぼく自身を郵政長官室に届けるというのはどうだ？」

その提案はぼくのあらゆる反対をしりぞけるものだった。これまでに聞いたことがないほどまっとうで賢明な案だった。

「もしかすると」興奮してきたハリー・ノリスは言い添えた。「今夜、この娘と夕食を共にしているかもしれないぞ！　柘榴の木が黄金色の月光を浴び、牧神パンが陰で葦笛を吹き、妖精ニュムペーがビロードのような草地で踊っている！」

そして、彼は空想が暴走するにまかせたことを少しばかりはにかむように、笑みを浮かべた。

「とにかく」彼は言った。「あの娘と夕食を共にするんだ。さて、細かい点を詰めよう。切手は三枚残っている――全部で九ドル分だ。それで充分だろう。ぼくの方が少し体重が軽いからね。君は最近、少し太ってきたな。四ドルでぼくを運んでくれるだろう――一ドル切手と三ドル切手だ。それで君には五ドル切手が残る。宛先だが、荷札に書いて腕に結んでおこう。荷札は持っているだろう？　ほら、この引き出しに二枚ある。さあ、ペンとインクをくれ。こういうことは丁寧にやらないと……」

彼は宛名を書いて、荷札を私に差し出した。どちらもそっくり同じだった。〈郵政長官室〉と書かれ、〈ニルヴァーナ、エル・ドラド連邦国。生もの。取扱注意〉と続いていた。

「さて」彼は言った。「一枚ずつ自分の腕に結びつけ……」

私は思わず後じさりした。なぜか、まったく気が進まなかった。彼が描き出したエル・ドラド連邦国についての期待は魅力的だったが、自分をトーマス・ア・ベケットと同じ方法で郵送するという考えに違和感があったのだ。

私は後で彼と合流すると言った。船であれ、飛行機であれ、最初の便に乗って、例えば一流ホテルで落ち合おう。しかし、自分を郵便で運んでもらう気にはなれなかった。

ハリーはがっかりしたが、すでに議論している間も惜しいほど行きたくてうずうずしていた。

「そうだな」彼は譲歩した。「わかった。でも、もしも何らかの理由で船や飛行機が使えない場合には、最後の切手を使って来てくれるね？」

私はそうしようと本気で約束した。それを聞いて、彼は私に右腕を差し出し、私は荷札を結んでやった。次に、一ドル切手を取って、糊面をなめ、荷札に貼り付けた。彼が三ドル切手を持った時にドアのベルが鳴った。

「一分後には」彼は話していた。「いや、ひょっとするとそんなにかからないかもしれないが、ぼくはたぶん人間の想像力がかつて思い描いた最も美しい国にいるんだ。

そうしたら――」

「待ってくれ！」私はそう呼びかけて、ベルに応えるために足早にドアに向かった。彼が私の言葉を聞いたかどうかはわからない。私が彼から目を逸らしたとき、彼は糊面をなめるために次の切手を取り上げたところだった。そして、それが彼の姿を見た最後となった。

包みを手に戻って来た時――ドアのベルは書店に注文した地図帳を届けに来た配達人が鳴らしたものだった――ハリー・ノリスの姿は消えていた。

トーマス・ア・ベケットがちょこんと座って窓の方を眺めていた。カーテンはまだひらひらしていた。私は窓に駆け寄った。しかし、ノリスは視界から消え去っていた。

たぶん、と私は思った。私が部屋から出て行くのを知らずに、彼は手にしていた切手を貼ったに違いない。心の眼を通して、驚愕している郵政長官の前に配達されて二本足で立っている彼の姿が見えた。

そのとき、要するにエル・ドラド連邦国という国がどこにあるのか調べたらいいじゃないかという考えが閃いた。そこで私は包装紙を破って書店が届けてくれた大判の地図帳を取り出して、ページをめくった。

最後のページをめくり終えた時、私はしばらく黙り込んだ。時々、私は机に置いてある未使用の荷札と切手に目をやった。とうとう、私は決心した。

私は立ち上がってハリーのバッグを持って来た。幸運なことに季節は夏で、彼が持参したのは大半が軽い服だった。そこに彼が使えそうな私の服を加え、タバコを一カートン、手紙を書きたくなった時のためにペンとインクを加えた。

さらに思いついて、小型の聖書を加えた。

それからバッグを紐でしっかりと結んで荷札を付けた。住所の上にハリー・ノリスと書き加え、最後のエル・ドラド連邦国切手を貼って、待った。

たちまち、バッグは空中に浮かび上がり、窓に向かって浮遊して外に出ると、加速し始めた。

ハリーが郵政長官室から出る前に届くだろうと、私は思い描いた。感謝のしるしに葉書か何かを送ってくれればいいと願った。しかし、彼から返信はなかった。もしかすると、できなかったのかもしれない。

……これで話は終わりだとばかりに、ここでモークスが口を閉じた。しかし、気づかれないうちに、マルカムがささやかなグループからしばらく席を外していた。今、彼は大判の地図帳を持って割り込んできた。

「それが君の稀少な切手の運命なのか！」嘲りを隠さずに彼は言った。「実に興味深く、愉快だったな。しかし、一つだけはっきりさせておきたい点がある。その切手はエル・ドラド連邦国の発行だったと言ったな。さて、この地図帳で探してみたんだが、そんな国は地球上には存在しない」

モークスは彼を見たが、物思いに沈んだような表情は穏やかだった。

「わかっている」彼は言った。「だから、あの日、地図帳を見た後で、最後の切手を使って合流するというハリー・ノリスとの約束を守らなかったんだ。今はそのことが残念だ。ハリーがあそこでどれほど楽しんでいるかと思うと――。だが、したことやしなかったことを悔やんでも仕方がない。やむを得なかったんだ。本当のことを言えば、エル・ドラド連邦国なんていう国はないことを――地球上にはないことを――発見して、一時的に神経が参ってしまったんだ」

そう言うと、彼は悲しげにかぶりを振った。

「父がどこであの切手を手に入れたのか知りたいと思うことがよくあるよ」彼はまるで自分に言い聞かせるようにつぶやくと、口を閉じて物思いに沈んだ。

奇跡の日

The Wonderful Day

1

ダニーは階段に身を潜めて、階下の居間で大人が話しているのを聞いていた。彼はそこにいるはずではなかった。まだ水疱瘡から快復していなかったので、ベッドで寝ていることになっていた。

しかし、ずっとベッドに入っていると寂しくなって、パパやママ、姉さん、ベン叔父さんやアンナ叔母さんが話しているのを聞きに、ウールのパジャマを着たままベッドを抜け出す誘惑に抵抗できなかった。

パパ――というのはドクター・ノークロスで、病気になると誰もが彼のところにやって来る――そのパパとみんなはブリッジをやっていた。高校に通っている姉さんはラテン語を勉強しているが、会話に加われないほど身を入れているわけではなかった。

みんなはほとんどローカストヴィルの住人たちのことを話題にしていた。ローカストヴィルというのは小さな町で、誰もが相手のことをよく知っていて、どんな話でもできるのだった。

「ローカストヴィルときたら！」ママの声がため息をついた。「周囲に川や木々や森があるきれいな町で、トムがここで繁盛していることはわかっているわ。でも、ここの住人ときたら！　せめてここの住人が震え上がるようなとんでもないことが起きて、自分たちがどんなにちっぽけで、意地悪で、つまらない存在なのか思い知ることがあればいいんだけど！」

「ネティー・ピーターズとか」パパがドライな口調で言った。ダニーはミス・ピータースのことを知っていた。いつもせわしなく近所の人たちに他人の噂話をしている。ひそひそ―こそこそ―ひそひそ。悪口を言っているんだ。「この町のゴシップの大半は彼女が発信源だな。舌の中央に蝶番があって、両側に振れる女がいるとしたら、それは彼女だね」

ベン叔父さんが声を上げて笑った。

「事態はもっと改善されるよ」と叔父さんが言った。「もしもお金がよりよく配分されるならば。もしもジェイコブ・アールがこの町の半分の所有権や抵当権を持っていなかったら、もっと自由な考えと寛容さが生まれるはずだ。しかし、彼に借金している人間は口を開こうとしない」

「おかしなものだ」パパが口を挟んだ。「他人のお金で金を稼ぐこつを知っている人間がいるというのは。ジェイコブ・アールが手を触れたものはすべて、彼のために金を稼いでくれるようだ――他人のポケットから出てくる金だ。彼がジョン・ウィギンズから手に入れた砂利だらけの土地とか。いつかこの成り行きが逆転するのを見たいものだ」

「でも、本当のしみったれということなら」――憤懣やるかたないアンナ叔母の声だった――「ルーク・ホークスが優勝ね。彼がフェアースクウェアの店に子供のための買い物をしに来たんだけど、あの人がお金を手放す時の騒ぎと来たら、まるでお金が指に接着剤でくっついているのかと思ったほどよ！」

「問題は」とパパが言った。「吝嗇と無精とどちらが悪いかということだ。私は吝嗇だと思う。というのも、たいていの不精者は、少なくとも気だてはいいからね。ヘンリー・ジョーンズみたいに。ヘンリーはより多くのことを望むのに、キリスト教世界の中で誰よりも働かないんだ。もしも望むだけで馬が手に入るのならば、ヘンリーはミシシッピー川のこちら側で一番大きな馬の群れを持つことになるだろうよ」

「まあ、ローカストヴィルにも素敵な人たちはいるわ」姉さんが会話に割り込んだ。「ゴシップ好きのミス・ピーターズが何と言おうと、あるいは高慢ちきなミセス・ノートンがなんと言おうと、わたしは気にしないわ。わたしの英語と体育の先生、ミス・エイヴリーは素敵な人だわ。あまり美人ではないけど、いい人よ。あの人が話すと、その声は小さな銀の鈴を転がすよう。あのビル・モロウが――父親は工具工場のオーナーで、フットボール・チームの指導に時間を割いているけど――ばかじゃなかったら、もうずっと前に彼女に恋しているはずよ。彼女は彼に首ったけなんだけど、プライドが高いから告白できないのね。あのばかなベティー・ノートンはずっと彼にこびへつらって、自分は素晴らしいと思い込ませているんだわ」

「もしも彼がベティーと結婚するようなことになったら」アンナ叔母が言った。「町はもうミセス・ノートンをこれ以上抑えつけておくことはできないね。今だって、自分は銀行頭取の妻で、町の社交界のリーダーだと思い上がっているんだから、もしも彼女が義理の息子のためにモロウ工具会社を手に入れた日には、いよいよ増長して風船みたいにふくれて浮かび上がってしまうことだろうね」

全員が声を上げて笑い、会話はゆっくりと下火になった。

ママは、面と向かってはいい顔をしているのに、陰では悪口を言っている二枚舌のミナーヴァ・ベンスンのことがどれほど嫌いかと言った。

姉さんは、書店を経営しているミスター・ウィギンズは小柄な善人で、ドレスメイカーのミス・ウィルスンと結婚すべきだと言った。彼女は地味で小柄な女性だが、生来の表情を出したら絵のように美しい女性だと。

でも、彼は結婚しないだろうと姉さんは言った。なぜなら、彼にはお金がなくて、自分の生計さえ立てられないのに女性に結婚を申し込むなんて恥ずかしくてできないからだ。

それから彼らはブリッジを再開した。ダニーは体調が悪くなって寒気がしたので、母さんに見つかる前にベッドに急いで戻った。ベッドに潜り込んで、毛布を引っ張って頭までかぶり、手が枕の下に伸びて、ゲームやスケートや何やらをしまい込んである古い収納箱の中で見つけた奇妙な物を引っ張り出した。

それは柔らかい革で包まれていて、引き出しの一つの奥にある狭いすき間で見つけたのだった。革にはインクでジョナス・ノークロスと名前が書いてあった。父さんのお祖父(じい)さんがジョナスという名前だったから、元々はその人の物なのだろう。

それはまるで象の牙の先端を切断したような、尖った象牙色の小物で、先端が鋭く後ろで丸くなっていた。ただ、その中には繊細な螺旋(らせん)形の筋がカタツムリの殻のように入っていて、そのせいでダニーはもしかしたら象ではなくて、本で一度見たことのある動物——鼻の上に一本の長い角(つの)が生えている、馬に似た動物——のものではないかと思った。彼には名前が思い出せなかった。

年古(としふ)りてすっかり黄ばんでいて、端にはすべて十字の非常に複雑な印(いん)が刻まれていた。もしかしたら中国の文字かもしれない。ジョナス・ノークロスは中国貿易で快速帆船(クリッパー)の船長だったから、中国からはるばる運ばれてきたのかもしれない。ベッドで横になりながら、ダニーは象牙の小物を手に握っていた。温もりが指に伝わって心地よかった。しっかり握っていると、アーサー王の円卓についての本に載っていた挿絵――金髪のグィネヴィア王妃の絵――を思い出した。たぶん、姉さんはミス・ウィルスンはあの絵くらいきれいなはずだと言うつもりだったのだろう。大人たちのおしゃべりは必ずしもいつもわかりやすいわけではない、特に簡単ではないことを話した場合には。

ダニーはあくびをした。だけど、おかしくないかな――彼は再びあくびをし、睡魔がのしかかって彼は目を閉じた。しかし、最後に考えたことが頭から漂い出してからのことだった。

そのことを考えついた時、部屋に奇妙なそよ風が起こったようだった。そよ風はカーテンを揺らし、ブラインドをかたかた鳴らした。ほんのわずかな間、部屋に誰かがいるのではないかとダニーは感じた。やがてそれは立ち去り、愉快な考えに顔をほころばせながら、ダニーは眠りに就いた。

2

その朝、ヘンリー・ジョーンズは鼻孔にフライド・ベーコンの匂いを感じて目を覚ました。彼はあくびをして、気持ちよさそうに伸びをした。部屋の向こう端にある書き物机(ビューロー)に時計が置いてあったが、そちらに目を向けるのも面倒だった。

彼は窓から差し込んでいる陽射しが絨毯(じゅうたん)のどの辺りに当たっているか見た。それでちょうど九時だということがわかった。

階下からフライパンがカチャカチャ鳴る音が聞こえた。マーサはずっと前に起床して立ち働いていた。ベッドでぐずぐずしている彼にちょうど我慢できなくなる頃だった。

「ふぁー!」ヘンリーはあくびをすると、掛け布団をどけた。「ぼくの願いは着替えがもう済んでいることなんだがな」

まるで彼のあくびにこだまするように、甲高いいななきのような音が広くて雑然とした裏庭の方角から聞こえた。それを無視して、ヘンリーはズボンとシャツ、靴下を身につけ、靴を履き、ネクタイを締め、髪を適当にとかし、ダイニング・ルームにゆったりと下りていった。

「あらまあ！」彼が椅子にだらしない格好で腰かけると、両手で大皿を持って戸口に姿を現した妻のマーサが辛辣な声で言った。「もう九時過ぎだよ。今日、仕事を探しに行くつもりだったら、とっくに出かけるべきだったわね！」

ヘンリーは妻が目の前にベーコン・エッグを置くのを見ながら曖昧に首を振った。

「今日、町中を歩き回るべきだったかどうかはわからない」彼はつぶやいた。「あまり気分が良くないんだ。うーん、これは美味しそうだ。でも、ぼくの願いはたまにはソーセージを食べることだよ」

裏庭からまたしても甲高いいななきが聞こえたが、二人は気づかなかった。

「ソーセージは高いのよ」マーサが言った。「まっとうな職に就いたら、たぶん少しは買えるようになるでしょうよ」

「あそこにホークスがいる」ひょろっとして顔の長い男が、陽気そうだがみすぼらしい服装の小柄で従順な感じの女性を脇に伴って家の前を通り過ぎるのを、ヘンリーは正面の窓から見つめながら興味津々で言った。「たぶん、とうとうミリーが子供たちのための新しい遊具のために金を出すよう説得したんだな。彼女が彼に財布をゆるめさせるのは年に一度きりだ」

「それであなたは、彼を見てもうすぐ死ぬんだと考えるのね」妻がコメントした。

「今までで最高の子供たち二人のために、二ドルの靴二足を買うからというだけで。二人が一口食べるごとに小言を言うのよ」

「そうは言っても」ヘンリーはしたり顔で首を振りながら言った。「ぼくの願いは、彼がため込んでいたお金がぼくのものになることだよ」

　裏庭からひづめをギャロップさせる音がした。マーサはヘンリーに小言を言うのに夢中でそれに気づかなかった。

「願い！　願い！　願い！」彼女が激昂した。「でも絶対に働かない、働かない、働かない！　ああ、ヘンリー、あんたときたらこの世で一番癪に障る人ね！」

「マーサ、ぼくは君に値しない男だ」ヘンリーがため息をついた。「ぼくの願いは、君にもっと立派な夫がいることなんだが。本気だよ」

　今度は、家の裏でいななきが多数の喉から一斉に上がったので、その音の大きさに気づかないわけにはいかなかった。ヘンリーの肉付きの良い妻はびっくりして、当惑の表情を見せると、台所に向かって急いだ。すぐに彼女の金切り声がヘンリーの耳に届いた。

「ヘンリー！　裏庭が馬だらけよ！　庭中を後脚で立ち上がったり、蹴ったりしているわ！」

この知らせはヘンリーの朝の無気力状態を吹き飛ばすのに充分なほど度肝を抜くものだった。彼は台所の窓にいる妻のところに行って、広い裏庭を見て目を飛び出させた。

いっぱいだった——とにかく、いっぱいに見えた——動物たちで。マーサは馬だと言った。正確には馬ではなかった。しかし、小型馬(ポニー)でもなかった。馬にしては小さすぎるし、ポニーにしては大きすぎた。長めの体毛に覆われていて、ぼうぼうの流れるようなたてがみがあり、虎をもしのぐほど獰猛(どうもう)だった。

「やれやれ、なんてこったい！」ヘンリーが丸顔にひどく困惑した表情を浮かべて声を上げた。「ぼくの願いは、こいつらがどこから来たのか知ることなんだが」

「ヘンリー！」マーサが彼の腕を摑んで泣き声で言った。「今は五頭になっているわ！」

それまでは四頭が裏庭を走り回って、ヘンリーがかつて運転していた自動車の残骸に鼻を突っ込んだり、自分たちを囲い込んでいる板塀をひづめで叩いたりしていた。ところが、今ではそれが現実に五頭になっていた。

「ま、まったく驚きだ！」ヘンリーは息を呑み、のど仏が上がったり下がったりした。

「きっと数え間違えたんだ。さあ、いったい彼らはどうやって入ったんだと思う？」

「でも、どんな種類の馬なの、ヘンリー？」マーサがいまだに彼の腕を摑みながら尋ねた。「それに、誰の持ち物だと思う？」

ヘンリーはマーサのぽっちゃりしたウェストに腕を回して、安心させるように力を加えた。

「ぼくの願いは、それを知ることだよ、マーサ」彼はつぶやいた。「ぼくの願いは」

「ヘンリー！」妻の声には紛れもない恐怖がこもっていた。「六頭になったわ！」

「七頭だよ」ヘンリーが弱々しい声で訂正した。「二頭は突然――突然出現したんだ」

二人が七頭の毛深いポニーを見ていると、彼らは裏庭を落ち着きなく走り回ったり、限られた空間からの脱出口を探すかのように塀に鼻をすり寄せていた。

これ以上、数は増えなかった。数が落ち着いたのを見て、ヘンリーとマーサはいよいよ冷静になった。

「ヘンリー」妻がまるで責めるかのように厳しい口調で言った。「何か奇妙なことが起きているわ。これまでインディアナではこんな馬は誰も見たことがないもの」

「ひょっとするとサーカスの所有物なのかも」ヘンリーが魅入られたようになって七

頭の武骨な動物を見つめながら示唆した。

「ひょっとすると私たちのかも！」

「ぼくたちの？」ヘンリーが驚いて口をあんぐりと開けた。「いったいどうしてそんなことが？」

「ヘンリー」妻が彼に言った。「外に出て焼き印が押されているか確認する必要があるわね。焼き印が付いていない野生動物は誰でも所有権を主張できるって、本で読んだことを思い出したわ。そしてあれは野生の馬に他ならないもの」

もちろん、マーサは野生の馬など今まで見たことはなかったが、彼女の言葉は理に適っているように思えた。ところが、夫は裏口の扉に向かおうとはしなかった。

「いいかい、マーサ」彼は言った。「君はここにいて監視していてくれ。誰も裏口に入れるんじゃない。ぼくは厩舎に行ってジェイク・ハリスンを連れてくる。彼はかつて馬の売買取引をやっていた。彼ならあの動物が何で、ぼくたちのものになるのか別人のものなのかわかるよ」

「いいわ、ヘンリー」妻は同意した――覚えている限り、この二年間で妻が彼の言うことに同意したのは初めてだった――「でも、急いで。とにかく急いで」

「急ぐともさ！」ヘンリーは断言した。そして、帽子を摑み取ろうともせずに、彼は弾丸のように出て行った。

貸し馬屋のオーナー、ジェイク・ハリスンは興奮したヘンリーに引きずられるようにして、しぶしぶやって来た。しかし、台所に立って裏庭に馬がひしめいているのを見ると、不信感は消え去った。

「なんてこった！」彼は息を呑んだ。「ヘンリー、どこから連れてきたんだ？」

「そんなことは気にしないでいい」ヘンリーが彼に言った。「奴らが何なのかだけ教えてくれ」

「モンゴリアン・ポニーだ」ひょろっとした馬の取引商人は彼に教えた。「昔、チンギス・カンの兵士たちが乗り回して、旧世界の大半を征服したポニーの純正種だ。本で写真を見たことがある。想像できるかね！　ここローカストヴィルにモンゴリアン・ポニーがいるだなんて！」

「それで」マーサが相手を萎えさせるような軽蔑の口調で尋ねた。「焼き印が押されているかどうか、見に行ってくれないの？　それとも、あんたたち大の男が二人もいて、あの何頭かの小さなポニーが怖いの？」

「たぶん、われわれが怪我をすることはないと思う」厩舎のオーナーが言った。「慎重にやれば。さあ来い、ヘンリー、私にもまだ投げ縄ができるかどうか見てみようじゃないか。ジョーンズの奥さん、この物干し綱を使っていいかね?」

ヘンリーは台所のドアを開けてジェイク・ハリスンに続いて裏庭に入った。彼らが来ると、七頭のポニーは——ヘンリーは自分がいない間に数が変わっていないことを知って喜んだ——落ち着きなく早足で駆け回るのをやめて、頭を上げて男たちを見つめた。

ジェイクは物干し綱で輪を作り、自分の頭上で回転させた。ポニーは鼻を鳴らして、胡散臭そうに後ろ足で立ち上がった。一番小さいポニーを選んで、長身の男が輪を投げると、輪は動物の太い首に収まった。

ポニーの鼻孔が広がった。ポニーは後ろ足で立ち上がって、蹄鉄の打っていないひづめで宙を打ち、他の六頭は裏庭の反対側に向かって逃げた。

ジェイク・ハリスンは輪を締めて、なだめすかすような声をかけながらポニーに近づいた。ポニーはおとなしくなり、二人の男が近づくと、ジェイクに両手を置かせた。

「ええ」厩舎のオーナーは声を大にして言った。「本物の、正真正銘のモンゴリアン・ポニーだ。長い髪はチベットの山岳地帯の寒さを防ぐ。さあ、焼き印が押してあるか見てみよう。体にはない。ひづめを見てみよう」

ポニーは逆らうことなく左の前足を上げ、ヘンリーは近づいて身をかがめると、歓声を上げた。

「見ろよ、ジェイク！」彼は叫んだ。「焼き印が押されている！　ぼくの名前だ！　この動物はぼくのものなんだ！」

一緒になって二人は凝視した。硬い角質部に丁寧な文字でヘンリー・ジョーンズという名前が刻まれていた。

ジェイクは背筋を伸ばした。

「あなたのだ、確かに」彼はうなずいた。「さあ、ヘンリー、謎めかすのはやめにして、この動物がどこから来たのか教えてくれないかな？」

ヘンリーの歓喜がしぼんだ。彼は首を振った。

「正直なところ、ジェイク、ぼくにはわからないんだ。ぼくの願いはそれを知ることなんだが……。見ろよ！」

長身の男は跳び上がって退いた。二人の間に八頭目のポニーが出現し、あまりにも近かったので脇腹が二人をかすめた。

「い、いったいどこから――」ジェイクが塀にあるドアに後じさりして、ノブを手探りしながら口ごもるように言った。「どこから――」

「それがぼくにはわからないんだ！」ヘンリーが彼に続いた。「ぼくの願いはそれを知ることなんだが——。いや、それも願うまい！　ぼくは何も願わないぞ！」

二人のすぐ目の前に出現していた幽霊のようなポニーは、黒い煙さながら霞のように薄くなって消え去ってしまった。

ヘンリーが顔の汗をぬぐった。

「あれを見たか？」彼が尋ねた。するとジェイクはごくりとつばを飲み込んでうなずいた。

「君が、何か願い事をは、始めたら、それはしゅ、出現したんだ」彼は七面鳥のような声で口ごもりながら言うと、板塀にあるドアを押し開けた。「ここから出よう」

「ぼくが願い事を始めると——。ああ、なんてこった（ジミニー・クリケッツ）！」ヘンリーがうめいた。「こうして起きたんだ。ぼくが願い事をした時に。まさか——。まさか——」

顔面蒼白になって、彼らは互いに顔を見合わせた。ゆっくりと馬の専門家はうなずいた。

「ああ！」血の気の引いたヘンリーはささやくように言った。「そんなことが起きるなんて今までは信じなかった。今はぼくの願いは絶対に——」

今回は言葉がすっかり彼の口から出る前に九番目のポニーが彼らの目の前に突然ドシンという音を立てて出現した。

もうたくさんだった。ヘンリーはいきなり走り出し、ジェイクがすぐ後から続いた。ポニーは興味を惹かれたように二人を追いかけた。その兄弟たちは、取り残されることなく、板塀のドアを抜けて愉快そうにいななきながら次々と出て行った。

ヘンリーとジェイクが家の角を回ったところで立ち止まって振り返ると、最後の一頭がメイン・ストリートに速歩で進入したところだった。九頭のポニーのいななきが朝の静けさを破った。九頭のポニーの小さなひづめの音が鳴り響いた。

「逃げ出した！」ヘンリーが金切り声で言った。「ジェイク、大きな被害にならないうちに駆り集めないと。ああ、ユダの国王ヨシャファトよ、こんなことが起きるのをぼくは願っていません！」

騒がしいいななきが聞こえ、十頭目のポニーは踵を蹴り上げて泥を彼らの顔に引っかけると、駆歩で他の仲間を追った。

3

ヘンリー・ジョーンズがジェイク・ハリスンを呼びに走っていた頃、ルーク・ホークスは少年用のウールのスーツを細い、獲物を狙うような指でもてあそんでいた。

「これが一番安い商品かね？」と尋ね、そうだという返事が得られると——ローカストヴィルの店員は最安値の商品以外の物を見せても仕方がないことをよく知っていた——彼はうなずいた。

「これにしよう」そう言って、彼はしぶしぶ尻ポケットに手を伸ばした。

「生地がちょっと薄いと思わない、ルーク？」小柄なエミリー・ホークスが懇願するような声で尋ねた。「去年の冬、ビリーはずっと風邪を引いていたわ。それにネッドは——」

男は答えようともしなかった。札がぎっしり入った財布を左手に持って、彼は親指と人差し指を突っ込んで、二十ドル紙幣を取り出した。

「ほら」彼は言った。「釣りは八ドル四十セントだ」

紙幣を取って戻ろうとした店員が急に踵を返した。ルーク・ホークスは自分の手から金を掴んだ。

「どうした——」彼はそう言い始めて、黙った。苛立たしげにルーク・ホークスは依然として紙幣を持っていた。

「金を取らないのか」彼はぴしゃりと言った。「私をこのままずっと立たせておく気か？」

「かしこまりました」店員は謝罪して、前よりもしっかりと摑んだ。しかし、彼はルーク・ホークスから紙幣を取ることができなかった。彼が引いた。ホークスの手は前に引っ張られた。顔をしかめながら、細身の男は手を引き戻した。金はまだ手にあった。

「いったいどうしたの、ルーク?」エミリー・ホークスが小声で言った。夫は眉をひそめながら妻にいい顔を見せた。

「膠(にかわ)か何かでくっついているみたいなんだ」彼は言った。「札が指にくっついている。別の紙幣を取り出そうじゃないか、きみ」

彼は財布に二十ドルを戻し――戻すのは簡単だった――二枚の十ドル札を出した。しかし、これもまた彼の手から離れなかった。

ルーク・ホークスは顔色が少し悪くなった。彼は紙幣を左手に移した。しかし、左手は右手から紙幣を取ることができたのに、店員にはどちらの手からも紙幣を取ることができなかった。店員が札をぐいっと引くと、とにかくお金は手から離れようとしないのだった。まるで皮膚の一部ででもあるかのように、ルーク・ホークスの指にぴったりくっついていた。

男の頰が赤味を帯びてきた。彼は妻と目を合わすことができなかった。

「い――いったい、これは――」彼はつぶやいた。「札は下に置く。君はそれを取ればいい」

慎重に彼は十ドル札をカウンターの上に置いて、指で広げてから手を上げた。恐怖に襲われたことに、緑色の紙幣は指先にしっかりとくっついて持ち上がった。

「ルーク・ホークス」妻がしっかりした声で断言した。「これはあんたに対する神様のお裁きだよ。神様はあんたにお金の呪いをかけたんだ」

「静かに!」ホークスがたしなめた。「ネティー・ピーターズが店に入ってきて、こっちを見ている。お前の話を聞いて、ばかげた話を広めるから――」

「ばかげた話なんかじゃないわ!」妻が言い放った。「本当の話よ。あなたのお金はあなたの指から離れようとしないのよ」

ルーク・ホークスは再び死人のように青ざめた。押し殺した罵声を上げると、彼は財布の中にあるすべてのお金を掴んで、カウンターに投げつけようとした。彼が大いに安堵したことに、折りたたんだ緑色の紙片がひらひらと落ち、残りはそのまま彼の手にあった。

「ほら!」彼はあえぎながら言った。「違っただろう! きみ、それはいくらだ?」

店員が紙片に手を伸ばした。

「これは――これは葉巻のクーポン券です、お客さま」彼は表情をこわばらせて答えた。

ルーク・ホークスはそれを聞いてしょげかえった。彼はお金を全部、使い古された豚革の財布に入れると、指が革だけに触れるように注意しながら、財布を妻に差し出した。

「ほら！」夫が指示した。「お前が支払うんだ、エミリー」

エミリー・ホークスは両腕を組んで、夫の怯えた目をまっすぐに見た。

「ルーク・ホークス」妻は店中に聞こえるような、しっかりした明瞭な声で言った。「八年間、私の人生はあんたのけちで貪欲なやり口のせいで惨めなものだったわ。今、あんたは自分のお金を使うこともできない。パンのために五セントも使えないまま、あんたは飢え死にするんだわ。

私はあんたにそうさせてやるわ。私があんたのために何も買わなかったら、誰もあんたに恵もうとする人間などいないことを思い知るでしょうよ。この町の人間はあんたが両腕にお金をいっぱい持ちながら、食べ物を恵んでもらおうとするあんたの姿を見て、腹を抱えて笑うでしょうよ。それに、誰もあんたに恵んでくれないわ」

ルーク・ホークスは誰も恵んでくれないことはわかっていた。これまでこんな振る舞いをしたことのない妻を彼は見下ろした。

「確かに」彼は断言した。「エミリー、そんなことを言わないでくれ。さあ、金を取ってくれ。好きなように使えばいい。必要な品物を買うんだ。すべてお前に任せる。お前は――お前は子供たちに二番目に高い服を買ってやったっていい」

「つまり、これからは私にお金を任せると言うのね？」エミリー・ホークスが尋ねると、夫はうなずいた。

「そうだ、エミリー」彼はあえぐように言った。「取るんだ。お願いだから、取ってくれ」

妻は財布を取って――ルーク・ホークスの手から難なく離れた――金額を数えた。

「五百ドルあるわ」彼女は声に出して言うと考え込んだ。「ルーク、私に銀行預金の小切手を渡してくれた方がいいんじゃない？　私が買い物をすべてやるとしたら、お金は私の手にあるべきだわ」

「小切手か！」ルークは声を上げた。「それだ！　私には現金は必要ない！　小切手で支払えばいい」

「やってみたら」エミリーが勧めた。「現金と同じでしょ？」

ルークは試してみた。小切手も彼の手から離れようとしなかった。店員が引っ張るとちぎれただけだった。

その後、彼は抵抗をやめた。彼は小切手帳を取り出して、エミリーが使えるように金額の記入していない小切手に署名した。それから彼女は自分で銀行の預金残高――二万ドルあった――について金額を記入し、ルーク・ホークスは不承不承認めるしかなかった。

そして、彼女は小切手を上着の胸ポケットに押し込んだ。

「さあ、ルーク」彼女は夫に言った。「あなたは帰宅した方がいいわね。私は銀行に行って、お金を私の口座に入金します。それから残った買い物をする。あなたが来るまでもないわ」

「しかし、どうやって品物を家に運ぶんだ？」夫は弱々しく尋ねた。

エミリー・ホークスはもうドアに到達するところだった――その外ではネティー・ピーターズがこの知らせを町中に広めようと駆け出したばかりだった。しかし、エミリーは充分に長い時間を取ってから振り向くと、血の気を失い汗を流している夫に向かって明るく微笑みかけた。

「自動車販売店の人に頼んで品物を運んでもらうわ」彼女は答えた。「銀行を出てから買うつもりの車に載せるのよ、ルーク」

4

ミス・ウィルスンは自分の小さな店の外の通りをひづめがギャロップする音を聞いて縫い物から顔を上げた。

彼女は小さめの動物が競争するのを目撃するのに間に合った。そして、あれは何だったのかと不思議に思う前に、彼女は自分の作ったドレスを客が試着する時に使う大きな鏡に映った姿を目にした。

彼女の名前はアリス・ウィルスン。しかし、彼女がファースト・ネームのアリスで呼ばれたのはもう何年も前のことだった。年齢は三十三歳、教会のネズミのように小柄で素朴だった――。

ところが、今は違っていた！　ミス・ウィルスンは口をぽかんと開けて鏡に映った自分の顔を見つめた。もはやネズミのようではなかった。彼女は――そう、本当に――美人と言って良かった！

片手に商品のドレスを垂らしているのを忘れ、もう一方の手は針を宙に上げたまま、アリス・ウィルスンは鏡の女を見つめていた。そこにいたのは、ピンクと白の顔に笑みを湛え、その顔に頭の天辺で編み上げた巻き毛――柔らかく輝くような光を放っていた――から崩れた金髪の房がかかった、小柄な女性だった。

鏡の女は柔らかく温もりのある唇をして、青空のように澄んで深みのある青い目をしていた。アリス・ウィルスンはじっと目を凝らして、純粋な喜びに笑みがこぼれた。鏡像が微笑み返した。

不思議に思って、アリスは自分の顔を指で触った。何が起きたのだろうか？　彼女の目はどんな悪戯を仕掛けたのだろうか？　どうやって――。

せわしない足音が聞こえて彼女は跳び上がった。ネティー・ピーターズが角張った顔を興奮させ、走っている時のニワトリさながら、やせこけた首の先の頭を突き出すようにして、駆け込んできたのだった。ミス・ウィルスンのドレスメイカーはフェアースクウェア商店に一番近いところにあって、ルーク・ホークスの呪いの知らせを広めるためのコースで最初に立ち寄る場所だった。

「ミス・ウィルスン」彼女は息を切らしながら言った。「いったいどう思いますか――」

「この人はあなたがスキャンダルか何かを広めるために来たと思っているよ、ええ、それがこの人の思っていることなんだ」甲高い、やすりで削る時のような声がさえぎった。

その声はネティー・ピーターズ自身が発したように聞こえた。彼女は目を剝いた。「ミス・ウィルスン」彼女はぴしゃりと言った。「腹話術をしたら面白いだろうと考えて、私が話しかけようとしている時にやっているとしたら——ちょうどあんたが他の誰に対してもやろうとしているようにね！」第二の声が闖入して、ネティー・ピーターズは気が遠くなった。その言葉は自分自身の口から出て来たのだ！

彼女は両手を喉に当ててた。彼女の心は恐怖で真っ白になっていたので、彼女の舌は言おうと予定していたことをせっせと発言していた。

「ルーク・ホークスを見たのよ——あんたが何でも見るようにな」——この甲高い第二の声は、彼女の通常の声と交互に話した——「フェアースクウェア商店で。彼と奥さんは——あんたもやるように、自分たちの用件を片づけていたんだ——恥知らずな扱いをしている自分たちのかわいそうな欠食児童のために服を買っていたのよ——あんたならきっと口を挟むと思ったよ！——ミスター・ホークスが店員に支払おうとすると——あんたはいくら使ったのか知りたくて見ていたんだ——お金が彼の指から離れようとしなかったんだよ。言葉が喉から離れないなんてことがあったら、どれだけの人間が喜ぶと考えたことがあるかね？」

町のゴシップはそこまでだった。彼女の言葉は第二の声とごちゃまぜになり、二つの声が互いにわめき合うように、意味を成さなくなった。彼女の喉に奇妙なおののきがあった。まるで同時に二つの声でしゃべっているかのような……。ミス・ウィルスンは彼女を不思議そうな顔をして見ていた。ネティー・ピーターズはその時になって初めて、ミス・ウィルスンの髪に奇妙な輝きがあり、表情に新たに愛らしさが加わっていることに気づいた。

年上の女の喉からごぼごぼと支離滅裂な言葉が流れ出た。目には恐怖の色を湛えていた。ネティー・ピーターズは踵を返すと、むせび泣くような奇妙な声を上げながら退散した。

アリス・ウィルスンが当惑しながら彼女の後ろ姿を見ていると、別の人影が戸口に立って一瞬暗くなった。ドレスメイカーの建物の裏で売れない本屋を所有しているミスター・ウィギンズだった。

いつもミスター・ウィギンズはシャイで、血の気のない顔をして、まるで三十八歳という年齢の重みで猫背になっているようで、厚いレンズの奥で目を細めていた。彼はよく微笑んだが、それは元気を失うのを恐れて無理に笑おうとする男の、ささやかな希望を秘めた笑みだった。

しかし今日は、不思議な出来事が幾つも起きているこの日、ミスター・ウィギンズは背筋を伸ばしてすっくと立っていた。髪はくしゃくしゃで、眼鏡は傾いていたが、目は興奮して輝いていた。

「ミス・ウィルスン！」彼は大声で言った。「実に驚くべきことが起きたんです！誰かに話さずにはいられません。あなたのお店にいきなり入ってお話ししてもかまいませんか？」

「まあ、そんな！」彼女は答えた。「もちろん、かまいませんわ。その——嬉しいくらいです！」

外ではギャロップするひづめの音、甲高いいななき、人々が叫ぶ声がさらに大きくなっていた。

「どうやら町中に野生のポニーが放たれているようです」ミスター・ウィギンズがミス・ウィルスンに言った。「ぼくがここに来る途中、歩道を走っている一頭に危うく蹴り倒されるところでした。ミス・ウィルスン、これからお話しすることを絶対に信じられないでしょう。あなたはご自分で判断しなければならないのです。そうしたら、ぼくのことを気がおかしいとは思わないでしょう」

「まあ、絶対にそんな風には思いませんわ！」ミス・ウィルスンは言い切った。

彼女の返答をろくに聞かないうちに、ミスター・ウィギンズは彼女の手を取って、ほとんどドアまで引っ張っていった。彼に触れられて、温かい喜びがミス・ウィルスンの頰に上ってきたようだった。

少し息を切らしながら、彼女は彼と一緒に走って、店のドアを出て、約十ヤード下り、小さくて流行らない彼の書店の暗がりに入った。

途中、三、四頭の毛深いポニーが鼻を鳴らしながら通りを疾走し、笑っている男たちや男の子たちの助けを借りてヘンリー・ジョーンズとジェイク・ハリスンがポニーを捕まえようとしているのを彼女はちらりと見た。

やがて、ミスター・ウィギンズは興奮に身を震わせながら、彼女を厚い詰め物をしてある古い椅子に座らせた。

「ミス・ウィルスン」彼は緊張して言った。「ぼくがここに座っていた時、まだ十五分も経っていませんが、ジェイコブ・アールが入ってきたのです。彼の歩き方はご存じでしょう──大またで尊大、まるで地球の持ち主気取りだ。彼が何を求めているのかわかっていました。ぼくが本を仕入れるために借りた千ドルを返してほしかったのです。ぼくには返すお金はありませんでした。まるっきり。

昨年、伯母が亡くなった時に、川下の地所を私に遺してくれて、それをぼくがジェイコブ・アールに五百ドルで売ったことを覚えていらっしゃいますか? 土地を買って、ぼくが商売を始めるために、ぼくに恩恵を施したふりをしたのです。するると、あの土地で良質の砂礫層(砂金を含有する)が発見され、今では少なくとも一万五千ドルの価値があります。ぼくはアールがずっと前から砂礫層のことを知っていたのを知りました。でも、それにもかかわらず、彼はぼくに貸した千ドルを返せと言うのです」

「ええ、まあ、そうなんですね!」ミス・ウィルスンは声を上げた。「あの男ならやりかねませんわ。でも、あなたはどうなさるおつもりですか、ミスター・ウィギンズ?」

ミスター・ウィギンズはくしゃくしゃの髪を手で梳いた。

「ぼくは金などないと言ってやりました。すると彼は手袋を脱いで——右の手袋です——もしも明日までに返せないならば、本と備品のいっさいを差し押さえなければならないと言ったのです。そして、彼は手をぼくの古い真鍮製の中国の縁起物の上に置きました。何が起きたと思いますか?」

「さあ、私にはわかりませんわ!」ミス・ウィルスンはささやくような声で言った。

「私には無理です」

「ご覧ください！」ミスター・ウィギンズの声は震えていた。彼はミス・ウィルスンの正面のカウンターの上にある物を隠していた大きな埃よけの布を取り去った。下にあったのは、あぐらをかいている高さ一フィートほどの中国の神様で、脚を組み、膝の上で椀を抱えていた。真鍮の表情は剽軽(ひょうきん)な笑みを湛え、口はとても愉快そうにO字型に開いていた。

ミス・ウィルスンが見ていると、小さな金貨が小さな神様の口から飛び出して、膝の上の椀の中に音楽的な音を立てて落ちたではないか！

「中国のお金です」ミスター・ウィギンズが言った。「椀には金貨がいっぱいです。金貨は神様の口から次々と出てきます。最初の金貨はミスター・アールが手を神様の頭に置いた直後に出てきました。ご覧ください！」

彼は椀の中身をすくいだして手を伸ばし、ミス・ウィルスンの膝に金貨を雨のように降らせた。信じられない表情で彼女は一枚の金貨をつまみ上げた。

たぶんアメリカの五セント硬貨と同じくらいの大きさだ。中央には四角い穴が開いている。周縁には奇妙な東洋風の表意文字が刻まれていた。硬貨は造幣局で作られたばかりのように新しくピカピカだった。

「本物の金なの？」ミス・ウィルスンが声を上ずらせて尋ねた。

「少なくとも二十金（純金は二十四金）の純度ですよ！」ジョン・ウィギンズが彼女に請け合った。「これが中国のお金だとしても、硬貨一枚で金属として五ドルの価値があります。さあ、見てください――椀はもう半分までいっぱいです」

二人は目を見開いて、息もつかずに、笑っている小さな神様を見ていた。次々と、時計仕掛けのように正確に、金貨が口から飛び出した。

「これはまるで――まるで神様がお金を作っているみたいです！」ジョン・ウィギンズがささやいた。

「ほんとに、すごいわ！」アリス・ウィルスンが恍惚として言った。「ジョン、良かったわね！　あなたにとって。これでアールに借金を返せるわ」

「彼自身の硬貨で！」彼は得意げに言った。「だって、これを始めたのは彼なんだから、ね、だから彼の硬貨と呼ぶこともできる。たぶん、彼は秘密のバネ仕掛けだか何かを押して、神様が中に隠していた金貨を出すようになったんだ。わからないけど。でも、奇妙なのは、彼が金貨を拾い上げなかったことなんだ！　最初の二、三枚を落としただけだというふりをしようとしたけど、金貨は椀から出て床を転がり、彼はそれに手を伸ばした。すると、彼は怯え始めたんだ。帽子と手袋を摑むと、外に飛び出していった」

そこでジョン・ウイギンズは黙った。彼は座っているアリス・ウィルスンを見て、その時になって初めて、彼女に起きた変化に実際に気づいたのだった。

「これは」彼は言った。「あなたの髪が金貨と同じ色だってことを知っていた？」

「まあ、そんなことないわ！」ミス・ウィルスンは過去十年間で初めて男性から称賛されて、顔を真っ赤にしつつも真に受けなかった。

「本当ですよ」彼はなおも言った。「それにあなたは――あなたは美しい、アリス。あなたがどんなに美しいか私にはわかっていなかった。あなたの美しさは――まるで絵のようです！」

彼はアリスの目を見下ろして、目を逸らすことなく、手を伸ばして彼女の両手を自分の手でくるんだ。彼が彼女を椅子から立たせた時もまだ彼女は顔を喜びに染め、アリス・ウィルスンは立って彼と向かい合った。

「アリス」ジョン・ウィギンズは言った。「あなたと知り合って長いけれど、ぼくの目はずっと節穴だった。たぶん心配事があったせいで見えていなかったのだろう。あるいは、ずっと前にあなたがどれほど美しいか、いまわかったと思ったけれど、すでに知っていたのかもしれない。ぼくは自分が男としてたいした成功を収めていないことはわかっているけれど――アリス、ぼくの妻になっていただけませんか？」

アリス・ウィルスンは小さく息を漏らして、目に涙をためているのを見られないように、彼の肩に顔を預けた。今まで彼女の人生において幸福はたいてい彼女をよけていったが、この瞬間は過去の数十年間を補って余りあるものだった。ジョン・ウィギンズが両腕で彼女を抱いた時も、彼らの背後で小さな神様は笑みを湛えながら忙しそうに金貨を吐き出していた……。

ジェイコブ・アールは足音高く自宅の書斎に入ると、震える指でドアを施錠した。帽子を投げ、手袋を椅子に置くと、机にしまってある葉巻に手を伸ばして、彼を身震いさせている心の動揺を抑えようとする純然たる意志の力によって火をつけた。

さて、冷たい真鍮の文鎮に手を置いた時に、それがまるで生き物のように手の中でよじれ、いきなり放電されたように指がショックを受け、金貨を吐き出し始めるのを目撃したら、どんな男でも身震いするものだ。それも本物の金貨を！

金貨――ジェイコブ・アールは自分の柔らかく、ぽっちゃりした白い手を、ほとんど恐怖の表情を浮かべながら見下ろした――には命が宿っていた。なぜならば、彼が金貨を拾い上げようとすると、彼から逃げたのだ。それこそするりと。

かっとなって、彼はまだろくに吸っていない葉巻を放り投げた。幻覚だ！　めまいがしたか何かだろう。たぶん、ウィギンズが彼にトリックを仕掛けたのだ。それだ、トリックだ！

あの男の図太い神経が彼をびっくりさせたのだ！　小さなウサギがなくなってしまえば、彼は――。

ジェイコブ・アールは自分がやろうとすることを充分に計画していなかった。しかし、人を脅してやると考えただけで、彼は気分が良くなった。後でどんな報復をするのか決めればいい。

ちょうど今、彼は仕事に取りかかった。彼は金庫の中身を調べた。動揺した時には、神経を鎮めるのに株券や債券、黄金といったしっかりした有形資産を手で触る以上の対処法はない。

彼は金庫のダイヤル錠を回し、重々しい外扉を開き、内扉を解錠し、ずっしりした南京錠のかかった重い鋼鉄製の現金箱を取り出した。

ずっしりと重いのは、人間があまり多く持つことのできない物――金の延べ棒――が入っていたからだ。一本が五百ドルの値打ちのある純金の金塊だ。全部で一万五千ドルの価値がある。

彼はそれを政府が金を回収するずっと前から所有していた。そして、政府が何と言おうと、彼は手放さないつもりだった。万一売却しなければならなくなった場合、すっかり忘れていて、たまたま見つけたのだと言うつもりだった。

ジェイコブ・アールは金の隠し場所のふたを開けた。彼の過度に赤らんだ顔が突然、青ざめて血の気を失った。最上段の金の延べ棒二本がなくなっているではないか！

しかし、誰も彼の金庫に入れる者はいない。彼自身の他には。泥棒が入るなんて不可能だ——。

すると、血の気を失った彼の顔が、さらに色を失った。彼は目を剝いて、喉に息が詰まった。彼が見ている間に、三番目の延べ棒が消え失せたのだ。蒸発してしまった。虚空に。あたかも見えない手が摑んで持ち去ったかのように。

しかし、そんなことはあり得ない！ そんなことが起きるはずがない。

すると、四番目の延べ棒が消えた。怒りと恐怖にすくんだようになって、彼は両手を残っている金の延べ棒に置いて、全力を込めた。

しかし、まもなく五本目の厚い貴金属の塊が彼の指の下からするりと虚空へ消え失せた。たった今までそこにあって手を触れていたのに、今ではそれが消え失せたのだ！

耳障りな叫び声を上げて、ジェイコブ・アールは現金箱を取り落とした。彼はよろめきながら部屋を横切って電話のところに行き、番号を回した。

「先生ですか?」彼はあえぎ声で言った。「ドクター・ノークロスですか?　こちらはジェイコブ・アールです。私は――私は――」

その時、彼は考え直した。こんなことが起きるわけがない。狂気の沙汰だ。こんなことを人に話したら――。

「気にしないでください、先生!」彼は口走った。「お騒がせして申し訳ない。もうだいじょうぶです」

彼は受話器を置いた。額から汗を流し、ピカピカ光る黄色い直方体の物体が床に落ちて、一本また一本と消えていくのをながめながら、彼はそのままそこに座って、一日の残りを過ごした。


町の別のところでは、もう一つの手が電話に伸びて――引っ込んだ。ミナーヴァ・ベンスンの手だった。ミナーヴァ・ベンスンは朝も遅くなってから起床するとほぼ同時に、自分が変身していることに気づいた。鏡を見ると、こわばった生気のない表情が顔に貼り付いていた。やせて、意地悪そうで、歪んでいて、ハーピー(ギリシャ神話が語源の、強欲な女のこと)の顔をしていた。

この醜悪さが消えるという途方もない希望を抱きながら、震える指で彼女は再び自分の顔に手を触れた。それから彼女は、ドアに鍵がかかり、窓にはブラインドが引かれた暗い部屋のソファーの端にうずくまった。

彼女は電話をかけられなかった。誰もこんな顔になった彼女に会おうとは思わないから。誰も。医者だって……。

独身女性らしい小さな家で、ネティー・ピーターズもまたうずくまって、同じく電話をかけるのを恐れていた。

彼女がドクター・ノークロスに往診を依頼しようとした時に、あの奇妙な、恐ろしい第二の声が喉からべらべらしゃべり出しはしないかと恐れて。

うずくまりながら、狂乱したようになって、指が彼女の喉に触れた。すると、確かに喉で生き物のような何かがうごめいているのを感じることができた。

5

ミセス・エドワード・ノートンは総帆を揚げて港に入る小型帆船さながら肩で風を

切りながら意気揚々と、木々で陰になっている通りに沿ってローカストヴィルの中心街に向かって移動した。

彼女は大きな体の女性——体格が良い、と自分では言っていた——で、服装にお金をかけていた。確かに、ローカストヴィルの社会生活のリーダーにして町で最も影響力のある女性に相応しく、彼女は町の女性の中ではベストドレッサーだった。

今日、彼女は自分の影響力を行使するつもりだった。ジャニス・アヴリーを高校の教師から免職させる気でいた。

前の晩、たまたま彼女が車を運転している時に、その若い女性が自室で喫煙しているのをはっきりと目撃したのだ。教えている生徒に規範となるべき女性が——。

ミセス・ノートンは憤懣やるかたない様子で颯爽と歩いていた。彼女は最初にミナーヴァ・ベンスンの家を訪ねた。ミナーヴァは学校の評議員会のメンバーだった。しかし、ミナーヴァは気分が悪いと、彼女との面会を断った。

そこで彼女は評議員会の第二のメンバーとしてジェイコブ・アールを訪ねてみた。すると、彼も病気だった。

おかしい。

今、彼女はまっすぐにドクター・ノークロスの診療所に向かっていた。彼は学校の評議員会の会長だった。ミセス・ノートンは彼がその地位に相応しいと思っていたわけではないが、もちろん――。

ミセス・ノートンは立ち止まった。少し前から彼女は体がむくんで軽くなっていくような不思議な感覚を経験していた。彼女も病気になったのだろうか？　頭がふらふらしているのか、めまいがするのだろうか？

違う、自分は断じて正常だ。一瞬、頭が混乱したのだろう、たぶん速く歩きすぎたために。

彼女は前に進み続けた。何について考えていたのだったかしら？　ああ、そうそう、ドクター・ノークロスのことだった。たぶん、有能な医師だが、奥さんはちょっと――そう、とても野暮ったくて……。

ミセス・ノートンは再び足を止めた。通りをそよ風が吹いていて、彼女は――風でふらふらと左右に揺さぶられた。実際、ほとんどバランスを崩しそうになった！

彼女は手近の街灯を摑んだ。これで風で揺さぶられることはなくなった。しかし――。

彼女は自分の指を見て身をすくませた。むくんでぱんぱんになっている。指輪が肉に食い込んで痛かった。もしや彼女は何か恐ろしい――。

その時、彼女は全身に緊張して不愉快な感じがすることに気づいた。拘束されたような感じ、服に閉じ込められたような耐え難い感じだった。

掴んでいない手で、彼女は服を引っ張ってみた。最初は当惑したが、次に恐怖を感じた。服が、まるでソーセージの皮のようにぱんぱんだった。服が縮んでいた！　血流を阻害していた！

いや、そうじゃない。正しくなかった。彼女の方が大きくなっていたのだ！　ふくらんでいるのだ！　ゆっくりと膨張する風船のように、服をふくらませていた。コルセットが横隔膜の動きを制限し、呼吸ができない。肺に空気を入れることができなかった。

何か恐ろしい病気にかかったのだ。ローカストヴィルのような、ひどい、不潔な町に暮らしているとこういうことになるのだ。ばい菌やら何やらを運ぶ、時代遅れの、無知な人々の間で――。

その瞬間、ミセス・ノートンのコルセットの紐がちぎれた。彼女は実際、自分の体がむくみ、膨張し、ふくれるのを感じた。彼女の腕はおかしな感じで自由にならなかった。ドレスの縫い目がほころびてきた。

悪戯（いたずら）なそよ風が彼女の体を押し、彼女は前後に揺れた。

指が街灯からすべった。

すると、彼女は糸の切れた風船のように、ゆっくりと重々しく空中を上昇し始めた。

ミセス・ノートンは悲鳴を上げた。絹を引き裂くような悲鳴だった。しかし、彼女の声はほとんど二十ヤード（約十八メートル）先までしか届かない、弱々しいむせび泣きほどに小さくなったようだった。考えられないことだ。あり得ない！

しかし、実際に起こっていた。

今、彼女は歩道から十二フィート（四メートル弱）上空にいた。それが二十フィート（約六メートル）になった。その高度に来た時、彼女は叫ぶのをやめ、怯えた雌鶏の翼のように両腕をぱたぱたさせ、餌を食べる金魚のように口をぱくぱくさせて、ゆっくりとぐるぐる旋回したが、声は出なかった。

今の彼女の姿を誰かに見られたら！　ああ、誰かに見られたら！

しかし、見た者は誰もいなかった。通りは人通りがまったくなかった。家はまばらで、しかも通りから充分に引っ込んでいた。それに、その日一日中、不思議なポニーの群れがひづめの音を響かせていて、ヘンリー・ジョーンズとそのヴォランティアの助っ人たちの彼らを囲いに入れようと奮闘している中心街の騒動が、ローカストヴィルの暇な人たちの注意をすっかり奪っていた。

ミセス・ノートンはそよ風に押されて、ゆっくりと北側の町の境界に漂い始めた。木々の梢が彼女を引っかき、彼女が空しく摑んだストッキングを引き裂いた。一羽の烏が、その奇妙な光景に興味を惹かれて、何度も彼女の周りを旋回し、たぶん面白がってのことだろうが、カアカアと耳障りな声で鳴いてから飛び去った。日なたで蚤のかみ痕を引っかいていた一匹の迷い犬が、頭上を彼女が通過するのを見て、しばらく大きな声で吠えながら下で彼女を追いかけた。

ミセス・ノートンは恥ずかしさと屈辱から顔を真っ赤にした。ああ、もしもこんなところを誰かに見られたら！

しかし、誰一人として彼女を見ている者も、彼女を救うことのできる者もいなかった。誰かに助けに来てもらうべきかどうかわからなかった。彼女は怪我をしたわけではない。たぶん、これ以上悪いことは起きないだろう。

しかし、風船のようにふくらんで、通りの上空二十フィートを穏やかに漂うなんて！

そよ風が彼女を分譲地と表示された区域まで運んできたが、やはり無人だった。果樹がその土地に育っていた。悪戯好きな風が方向を変えたので進路が変わった。まもなく彼女は、通りからまったく見えない、節くれ立ったリンゴの老樹の上空を漂流していた。

服は裂け、脚も腕もひっかき傷だらけで、髪は背中でほつれていた。彼女の憤りも、人に見られる恐怖も、恐ろしいまでの無力感に屈服し始めていた。ローカストヴィルで最重要人物である彼女が、多数の果樹の間に吹き流され、鳥にカアカアと嗤われ、犬からは吠えられ——。

ミセス・ノートンは息を呑んだ。また三フィート上昇したのだ。

それで彼女はしくしくし始めた。

涙が彼女の頰を伝った。突然、彼女は自分が卑しくて無力だと感じ、威厳や地位などということは頭から消え去った。彼女はとにかく地上に降りたかった。

彼女は家に帰って、エドワードに肩を叩かれながら、「まあまあ」と——ずっと前に言われていたように——なだめてほしかった。その間、彼女は彼の肩に頭を預けて存分に泣くのだ。

自分は悪い女で、そのために罰せられているのだ。プライドでのぼせ上がっていて、これはそのせいなのだ。この先、無事に降りられるとしたら、彼女はもっと分別を身につけようと思った。

悔恨の思いが影響したのか、彼女はゆっくりと降下し始めた。彼女がそのことに気づく前に、桜の木の上の枝に突っ込んで鳥たちを驚かせた。

彼女はその木に摑まった。

ジャニス・アヴリーが学校から自宅までの近道を楽しそうに歩いているのを見かける前に、彼女にはたっぷり考える時間があり、ジャニスに声をかけた。

ジャニス・アヴリーはビル・モロウ――彼女が助けを求めに学校に駆け戻って、最初に見つけた人間だった――の助けを借りて、彼女を下に降ろした。

ビルは、チームに春の練習をさせるためにフットボール場に向かおうとしてちょうど車に乗るところで、そこにジャニスが駆けつけたのだ。最初、彼は彼女が何を言っているのか理解できないようだった。

実のところ、彼は理解していなかった。彼はただ彼女の声を聞いていただけで、その声は遠くから聞こえる銀の鈴の音を背景にして、音楽のようにクールで優しく心地よかった。

やがて彼が理解すると、直ちに行動に移った。

「やれやれ！」彼は声を上げた。「ミセス・ノートンがサクランボを摘んでいて、木に絡め取られてしまったって？　信じられない」

しかし、彼は学校から梯子を借りて、それを運び、太って涙にぬれた女性が桜の木のまたに捕まっているのを見て息を呑んだ。

しばらくして彼らは夫人を下に降ろした。ミセス・ノートンは、最初にジャニスに話した以上のことは何も説明しようとしなかった。

「サクランボを摘んでいたらはまってしまって！」

雑な説明だったが、本当のことを話すよりはましだった。

ビル・モロウはできるだけそばに車を寄せると、服が破れひっかき傷だらけで汚れて目を赤くしたミセス・ノートンを、ジャニスが急かして車の方に行かせた。誰にも見られることなく、彼女を車に乗せて、家まで送り届けた。

ミセス・ノートンは声を詰まらせながらありがとうと言うと、自宅に駆け込んで、びっくりする夫の肩で泣いた。

ビル・モロウは額の汗を拭いて、ジャニス・アヴリーを見た。彼女は美人ではないが、笑うと愛らしかった。それに彼女の声。彼女の声を一生聞けるなら、飽きることはないだろう。

「良かった！」運転席に乗り込むと、彼は声を上げた。「いつかはベティー・ノートンもあんな風になるんだろうな。ヒュー！　知っているかい、ぼくはばかだったよ。実は、かつて考えていたんだけど――。いや、気にしないで。どこへお連れしましょうか？」

彼が彼女に笑いかけると、ジャニス・アヴリーが微笑み返した。唇の端と目を結ぶ小さなしわに命が宿った。

「そうね」肩幅の広い青年が自動車を発進させると、彼女は言った。「あなたは練習に行かなければならないんでしょう――」

「練習は中止！」ビル・モロウはクラッチを繋ぐと、彼女にきっぱりと言った。「どこかに行って二人でおしゃべりでもしようよ！」

彼女は満ち足りた気分で座席に体を預けた。

6

ドクター・ノークロスが診療所のドアを閉めて、軽快な足取りで家路に向かう時、赤々とした太陽が沈むところだった。

奇妙な一日だった。とても奇妙だ。朝から野生のポニーが町中を走り回り、普段は睡眠不足のようなヘンリー・ジョーンズが、気が変になったように追いかけ回していた。彼の窓から、通りを隔てた書店の中でジョン・ウィギンズとアリス・ウィルスンが抱き合っているのがはっきりと見えた。

するとそこに明らかに興奮した様子のジェイコブ・アールから何の用もないのに電話がかかった。ミセス・ルーク・ホークスが彼女に運転を教えているらしい青年を伴って新品の自動車に乗って通過するのをはっきりと目撃した。ヒュー！

今夜は妻に話す話題がたくさんできたな。

家への近道にあるヘンリー・ジョーンズの裏庭を通り過ぎる時、彼の考え事はさえぎられた。

裏庭を囲う板塀のドアの周りに町の人間が集まっていて、家の中の人間が窓から覗いているのをドクター・ノークロスは観察することができた。ヘンリーとジェイク・ハリスンは疲れ切って顔の汗を拭きながら、慎重に開けた戸口から裏庭を覗き込みながら塀の外に立っていた。塀の向こうには何頭ものポニーが頭を上げては、暮れなずむ光景にいななきを鳴り響かせていた。

「さて、ヘンリー」――家の角を回って夫の周りにいる群衆を押しのけてきたマーサだった――「馬たちをすっかり集めたのは上出来ね。でも、馬たちが今日しでかした損害をどうやって償うつもりなの？　あんたは嫌でも働かなければならないよ。たとえ馬たちが何の役にも立たないにしても、そのことだけはやってのけたわね！」

ヘンリーの顔にはドクター・ノークロスが今まで見たことのない興奮があった。

「確かに、マーサ、確かにその通りだね」彼はうなずいた。「ぼくが損害を賠償しなければならないことはわかっている。でも、ジェイクとぼくは、このひづめのあるジャックウサギ（北米西部原産の耳と後脚の長いウサギ）についての計画があるんだ。何をしようとしているかわかるかい？」

彼は振り向いたので、集まっている群衆は全員が彼の宣言を聞くことができた。

「ジェイクとぼくは、町の南にあるジェイクの土地でポロ用のポニーを育成するつもりなんだ！」彼は高らかに言った。「そうなんだよ、きみ、この電光石火のようなポニーたちと本物のポロ用ポニーを交配するんだ。競争犬ホイペットのような速さで、ラバのように辛抱強く、人間のような知性を持つ新種を作り出すんだ。

今日、あの連中が町中を走り回っているのを見た人なら、誰でもその血がポロ用ポニーに混じったら、たいしたものになることがわかるはずだよ！　そうさ、きみ、たいしたものだ！　ぼくの願いは――。

いや、ぼくは願わないぞ！　もう何も願わない！　何一つだ！　それに、今後は何も願わないことにする！」

ノークロスはにやりとした。たぶん、ヘンリーは何かを手に入れたのだ。

それから、太陽がちょうど沈んだばかりであることに気づいて、彼は自宅に向かった。

自室でダニー・ノークロスは夢ばかり見たまどろみからふらふらと目を覚ました。まだ半ば眠ったような状態で、彼は手探りして、前夜眠りに落ちて以来、横に置いていた小さな象牙の小物を見つけた。

彼は眉をひそめた。彼は階段にいて、大人たちがおしゃべりするのを聞いていた。大人たちはたくさん奇妙な話をした。馬とかお金とか絵とかについて。それから彼はベッドに戻り、しばらく象牙の小物で遊んでいた。すると、彼は奇妙な考えが浮かんで、一種の願い事を――。

眠りに落ちる時に彼の頭に思い浮かんだ願い事というのは、父さんと母さんや、その他の人たちが言ったことすべてが実現することだった。実現したらとても愉快だからだ。

そこで彼は、たぶん一日だけそのことが実現することを願った。ヘンリー・ジョーンズの願い事は馬で、お金がルーク・ホークスの指から離れず、ジェイコブ・アールが何かに触れると、その代わりにそれが他人のために硬貨を作り出すのだ。

そして、ネティー・ピーターズの舌は実際に中央に蝶番が付いてどちらにも動き、ミセス・ベンスンは二つの顔を持ち、ミセス・ノートンはふくらんで風船のように風に流される。

さらに、あのミス・ウィルスンは本当に絵のように美しくなり、ミス・アヴリーが口を開くと実際に銀の鈴のような声が聞こえる。

以上が彼の願い事だった。

しかし、今、すっかり目が覚めて窓から外を眺めると、太陽は沈んで空はすっかり赤くなり、どんなに努力しても彼は何も思い出すことができなかった。

暗い部屋でうずくまりながら、ミナーヴァ・ベンスンはこれで百回目になるが、頭を手で触れた。最初は恐怖にぞっとなったが、次に希望が芽生え、それから疑いながらもほっと安堵した。恐ろしい顔はもうなくなっていた。

しかし、彼女は忘れないだろう。そして、永久に夢の中でつきまとわれることだろう。

ネティー・ピーターズは鏡に映る自分を見て、目を大きく見開いてぎょっとした。

ゆっくりと彼女は喉から手を離した。奇妙な声は消え失せた。恐ろしい声にさえぎられることなく、彼女はまたおしゃべりをすることができた。

しかし、彼女が話し始めると、またあれが聞こえやしないかと恐れて、いつも文章の途中でいきなり黙り込んでしまうのだった。

「私は決めたわ、ルーク」ミセス・ルーク・ホークスは決然として言った。「家を塗り直して、新しい家具を入れましょう。それから子供たちをささやかなヴァカンスに連れて行くわ。

だめ、何も言わないで！　いいこと、お金は今では私の名義になっているから、その気になったらすっかり使うことだってできるのよ。お金を引き出して、カリフォルニアかどこかに行くことだって。それに、あなたが何と言おうと、私は返すつもりはありませんからね！」

ジェイコブ・アールはうめき声を上げた。最後の金の延べ棒が書斎の床から消え失せたところだった。

ジョン・ウィギンズは振り返った。午後中、小さくチャリンチャリンと鳴っていた音がやんだのだ。小さな神像は依然笑みを湛えていたが、口からは硬貨が出てこなくなった。

「終わった」小男は顔を紅潮させ嬉しそうなアリス・ウィルスンに言った。「しかし、かまわない。どれだけのお金が出て来たか見てごらん。こりゃあ、一万五千ドルはあるに違いない！

アリス、二人で世界一周旅行に出かけよう。そして、この神像を元あった中国に返すんだ。それだけの仕事はやってのけたよ」

赤い夕焼けに染められた小さな湖のそばに車を停めると、ビル・モロウは振り返った。片腕はすでにジャニス・アヴリーの肩に回していた。

だから彼女を引き寄せて、しっかりと自信を持ってキスするのは、彼にとって実は朝飯前だった。

ダニーの部屋のドアが開いた。父さんと母さんが入ってくる音が聞こえ、彼はしばらく眠っているふりをした。

「この子ったら、一日中寝ているわ」母さんが言った。「朝食を食べにも起きてこなかったわ。昨夜は夜更かししたんだわ。でも、熱は下がって、眠れないわけじゃなかったから、あなたを呼ばなかったのよ」

「さて、どんな様子だか見てみるか」父さんの声が答えた。目を閉じていたダニーはもっと思い出そうとして、再び目を開けた。

父さんがベッドにかがみ込んでいた。

「気分はどうだい？」

「いいよ」ダニーはそう答えて、身を起こそうとした。「昨日、箱の中で見つけた物を見て。これは何だろう、父さん？」

ドクター・ノークロスはダニーが差し出した象牙の小物を手に取って眺めた。

「これは驚いた！」彼は妻に言った。「〈ヤンキー・スター〉号最後の航海で祖父のジョナスが持ち帰った古い中国のお守りをダニーが見つけたぞ。祖父は三十年前に私にくれたんだ。中国の魔術師の物だったと祖父は言っていた。

その特別な力は、と祖父は言った。それをしっかりと摑むと、一つの願い事を実現することができる。ただし——底に中国語で刻まれているように——精神が純粋で、無垢であり、動機が利己的でないこと。

私は十回ほど願い事をしたが、何も起きなかった。たぶん、私があまりにも物質主義的で、自転車や何やらを願ったからだろう。

さあ、ダニー、これは君が持っていなさい。しかし、充分注意しろよ。非常に古い物だ。ジョナスお祖父ちゃんにそれを渡した当人もどれほど古いのか知らなかったほどだ」

ダニーはお守りを取り戻した。

「ぼく、願い事をしたんだ、父さん」彼は白状した。

「それで?」父さんはにやりとした。「本当になったかい?」

「わからないんだ」ダニーは認めた。「願い事が何だったのか忘れてしまったんだ」

父さんがくすくす笑った。

「それなら実現しなかったんだな」彼は言った。「気にするな。また願い事をすればいい。仮にそれも実現しなくても、やきもきすることはない。君はお守りを持って、この話をしてやればいい。面白い話だよ、たとえ願い事が叶わないにしても」

たぶん願い事は叶わないのかもしれない。次にダニーが願い事をした時に、何も起きなかったことは確かだった。その後も。そういうわけで、やがて彼は願い事をするのを諦めてしまった。

とはいえ、眠り込む前にした最初の願い事を思い出せなかったことについて彼はいつもちょっぴり残念に思っていた。

しかし、彼は思い出すことができなかった。後になって、結婚がどれほどアリス・ウィルスンの容貌を変えたことか、ミセス・ボブ・モロウの声がいかに銀の鈴を転がすようであることか、人々が話すのを聞いても、彼は思い出せなかった。

鵞鳥（がちょう）じゃあるまいし

Don’t Be a Goose

姉のマーサが最後に強い口調で言った言葉がいまだに頭の中で鳴り響いていたアリグザンダー・ピーボディー教授は、目を覚ますと、目をぱちくりさせながら周囲を見回した。しばらく彼はめまいがして、頭の中ではぶんぶんいうような音が聞こえていたが、その音を通してマーサの歯に衣着せない「鵞鳥じゃあるまいし、ばか言ってるんじゃないわよ、アリグザンダー！」という忠告が、繰り返し反響しているかのようだった。

しかし、幾つか不愉快な兆候は予想されていた。なんと言っても、彼の人格は数百年の時を超えて、見知らぬ肉体に仮の住処を見つけたのだ。基本的な自我のこのような激しい移動は、一定のストレスや疲労なしには起こり得ないだろう。

徐々にぶんぶんいう音は収まり、めまいも消え去ると、アリグザンダー・ピーボディーは興奮に目を輝かせながら、周囲の詳しい状況を調べ始めた。

　彼は小さな池の草の生えた畔（ほとり）に座っているようだった。その辺りには並はずれた高さの灯心草が生えていて、彼の頭の高さを大きく越えていた。その向こうに奇妙な木々が一列に並んでいた。ねじれて節くれ立ち、光沢のある緑色の葉をつけていたが、彼が驚いたのはその高さだった。あれほど高くなければオリーヴの木と呼んだことだろう。しかし、高さ八十フィートのオリーヴの木だなんて――。違う、何か新種の木に違いない。

　ピーボディー教授は座っている場所から立ち上がろうとしたが、すぐにまた座り込んでしまった。足の感じが変だった。体中の筋肉が変で、ぎくしゃくした感じだった。そして、動いた途端にめまいが戻ってきた。

　これは疑いなく、彼の人格がまだ新しい肉体に順応していないということだ。ピーボディー教授は周囲の探検をまだ始めないで、体全体の統合がもう少し取れるまでしばらく待つことにした。

　なんと言っても、さして急ぐには及ばないのだ。大変古い本の中に珍しい魔法の呪文を発見して以来、ここにたどり着くまで、準備に二十年を要したし、マーサの嫌みな言葉がなかったら、思い切って実行する勇気を奮い起こすことさえなかったかもしれない。

しかし、無名の大学で物理学を教えるのにうんざりし、一生で少なくとも一度は、危険や冒険、興奮、そしてひょっとしたらロマンスを体験する決心をしたと言った時のマーサの笑いと、鷲鳥じゃあるまいしとまで言われたこと――あれが一番堪えた。

彼が自分の存在をかけて密かに熱望しているのは、たとえ軽微であろうとも、何らかの意味で歴史の歩みに影響を与えることだと言い添えた時、マーサの不信は侮蔑に満ちた言葉となって表れた。

「鷲鳥じゃあるまいし、アリグザンダー！」彼女は声を張り上げた。「歴史はあんたみたいな男によって作られるものではないから！」

そう言うと、彼女は書斎のドアをばたんと閉めて、彼が自分の計画を説明する前に出て行ってしまった。

『疑問の余地はない』――おずおずと首をひねって、まぶしさがほとんど消え失せているのを知って――ピーボディー教授は思った。『彼女の言うことは部分的には正しい』彼は禿げかけた頭に角縁眼鏡をかけ、細長い首と引っ込み加減の顎（性格の弱さの表れとされる）をした、ぱっとしない小男だった。

しかし、彼は自分が生きている時代の歴史の歩みに働きかけようとするつもりは毛頭なかった。彼の計画なるものは、仮に話すのをマーサが待っていてくれたら助かったはずだが、彼の知識、知性、能力全般が二十世紀よりも遥かに大きな影響を持つ、もっと昔の時代に戻ることだった。

彼にはそうすることが可能だった。少なくとも一回は。そして、もしもマーサが耳を傾けさえしてくれたら、二十年研究した末にマスターした魔法の要点を彼女に伝えることができただろう。彼は自分の人格を過ぎ去った数世紀の時間圧力に抗して、遥か昔に生存していた肉体に押し込めることができると。

しかし、マーサは話をするまで待たなかった。

「なんといっても、マーサ」アリグザンダー・ピーボディーは静かな威厳を込めて言った。「かつて歴史に名を残したアリグザンダーが一人いたことを私は覚えている」

しかし、彼の言葉を受けたのは閉じたドアだった。ひょっとすると、それでよかったのだろう。もしもマーサがいたら、なんと切り返してきたかわかったものではない。そのことを証拠立てるのは、なんといっても彼女の舌鋒鋭い言葉による痛みによって自分の計画を進めて――今の状態にあるのだ!

ピーボディー教授は目を大きく見開いて、ぱちくりさせた。最初の二、三分間の短い混乱の中で、彼は自分がどこにいるのか、どの国にいるのか知ろうとするのをまったく忘れていた。それについては、何世紀に、何年にいるのかという点も同じだった。

確かに、何らかの行動を起こす前に、場所と時代の二つを知らなければならない。そして、同様に重要な三番目のこともある。今、自分の人格がどの肉体に宿っているのかということだ――。

アリグザンダー・ピーボディーは無意識に目を下に向け、突然、思考停止状態に陥った。彼の頭はこれまでよりも十倍以上ひどい、激しいめまいに襲われた。

彼の身体は――なんと白い羽毛に覆われていたのだ！

ピーボディー教授はぶるっと身震いすると、目を閉じて、めまいにくらくらして完全に意気阻喪しないように、そのまま目を閉じていた。いったいぜんたい、何が――何が――。

やがて彼は軽快な女性の声を聞いてぎょっとした。

「ハロー、色男さん」その声は言った。「ひとりぼっちでこんなところで何をしているの？　ひと泳ぎしに行かない？　とびきりのミミズが取れる場所を知っているわよ」

アリグザンダー・ピーボディーは目を閉じたままだった。彼は無礼を働くつもりはなかったが、見知らぬ女性は彼のめまいが少し収まるまで待たなければならなかった。しかも、現在の困惑した状態では泳ぎに行く気になどなれず、ミミズなどまったくほしくなかった。

しかし、アリグザンダー・ピーボディーのくらくらする頭脳の片隅で、いったいこの娘は何語をしゃべっているのだろうという疑問が生じた。彼は大冒険に備えて、古英語、古フランス語、ラテン語、サンスクリット語を勉強したが、彼女がしゃべっている、ひどく耳障りでシューシューいう音はそのいずれでもなかった。

「わかったわ、すましやさん!」娘が再び話した。「答えなくていいわ。そこに座って羽根を落としているがいい。わたしの知ったことじゃないもの!」

ピーボディー教授は池に水がしぶきを上げる音を聞いて目を開けた。しかし、そこには娘などいなかった。誰もおらず、見えるのは白い大きな白鳥が軽蔑を表すかのように尾を振って、小さな池を泳ぎ去る姿だけだった。

いや、白鳥ではない。白鳥くらいの大きさに見えたが。が、鵞鳥だ。そして――そして――彼に「そこに座って羽根を落としているがいい」と言ったのは、あの鵞鳥しか考えられない。

「なんてこった!」ピーボディー教授が大きくうめき声を上げると、その声は彼には耳障りで奇妙に聞こえた。「するとこの私は――が――が――」

彼は最後まで言い終えられなかった。しかし、その必要はなかった。鵞鳥は鵞鳥たる自分に向かって話していたからだった！

激しい絶望のようなものがアリグザンダー・ピーボディーの頭脳に鳴り響いた。彼は冒険に出会い、ロマンスを知り、歴史に影響を及ぼそうと企てた。その結果が庭の家禽（かきん）となり果てて終わるとは！

もちろん、姉のマーサのせいだ。あの最後の侮辱の言葉によって彼女は精神的な道筋を作り上げ、彼が古い呪文を完成させた時に、彼の人格を羽根の生えた体へと導いたのだ。

鶩鳥に涙を流すことができたら、彼は涙したことだろう。鶩鳥に声を上げて泣くことができたら、彼は大声で泣きじゃくったことだろう。

やがて、少しずつ、彼は自分を取り戻してきた。彼は勇気のない男――いや、勇気のない鶩鳥ではない。確かにハンディキャップはあるが、たぶん全てを失ったわけではない。とにかく、自分が身を置いた、この時代、この国で、自分に何ができるか知らなければならない。

そう決意すると、彼は起き上がって池を目指した。彼は池の水面に不安なく浮き、本能的に難なく泳ぐことができた。

このように水面に浮いていると、彼は首を曲げて自分自身の鏡像を見ることで自分の外見を知ることができることに気づいた。

彼が鵞鳥であることは否定しようがなかった。しかし、自分が大型の鵞鳥で、長く柔軟な首をして見栄えが良く、目の辺りに奇妙なリング状の隈があって、まるで眼鏡をかけているようで、筋肉質のたくましい体をしていることを知って、わずかながらも安らぎを得た。

試しに彼は翼を羽ばたかせてみた。水面から飛び上がることはできなかったものの、そのおかげで池を相当な速さで動くことができた。実際、彼に声をかけた鵞鳥に追いつくほどの速さになった。

アリグザンダー・ピーボディーはその雌の鵞鳥が小さな流れに向かって泳いでいるのを追いかける格好になった。或る意味で、雌の鵞鳥を崇拝さえしている自分に気づいた。彼女は若く、流線型の体型をして、まぶしいばかりの純白で、しっぽをなまめかしく振っていた。それに、彼女は自分のことを色男と呼んだのだ。

色男と呼ばれたのはアリグザンダー・ピーボディーにとっては初めての経験で、たとえ呼ばれたのが鵞鳥からであっても嬉しかった。彼女と会話することができたら楽しいだろうが……。

ピーボディー教授は咳払いをした——いや、しようとした——いきなり。明らかに、今自分が住処としている羽の生えた肉体には、前の住人の強い性格が残っていた。彼の考えは半分が人間で半分が鵞鳥だった。彼は混乱させせられてはならなかった。理学士、理学修士、そして理学博士のアリグザンダー・ピーボディーが農家の庭で飼われているような家禽を崇めているなどと考えるのはばかばかしいことだった。とはいえ、彼女は大いに必要としている情報を提供してくれるかもしれない。

一瞬後には彼は彼女の横に並んで、速度を落とした。

「あー」と彼は話し始めた。「今日の午後は——その——良い天気だね」

鵞鳥に向かって何を話したらいいのか考えるのは実に難しいことで、彼の最初の努力は何の返答も得られなかった。ピーボディー教授は再びトライした。

「私は——つまり、さっきは失礼なことをするつもりはなかったんだ」彼は言った。

相手はつんと頭を逸らしたが、彼は彼女が小さなつぶらな瞳の隅から彼を盗み見ているのを見逃さなかった。しかし、彼女は無言だった。

「実は」ピーボディーは話を続けた。「私は少しばかり目がくらんでいて、まぶしくなくなるまで目を閉じていたんだ」

「あら、そんなことはいいのよ」ミス鵞鳥は、今度は明らかに彼の謝罪を充分に控えめなものと考えていた。「事情はわかったわ。私のことはエドナと呼んで」

「ああ——エドナ」ピーボディー教授は鸚鵡返しに言った。「かわいい名前だね。でも、私は疑問なんだが、ミス——その、エドナ、今日の日付を教えてくれないか」

「日付ですって？」エドナは彼を当惑の目で見た。

「つまり、今は何年なんだ？」

「年？　年って何のこと？」

「あー——つまり、それはどうでもいい」ピーボディー教授は答えた。鶩鳥が時間について知っているなんて期待できないのは当然だ。「でも、ひょっとして、ここがどこなのか教えてくれるかい？」

「どこですって？」エドナは軽蔑するように彼を見た。「そりゃあ、ここよ、もちろん」

「うん、確かにそうだ」ピーボディー教授はいささかやけになってうなずいた。「でも、〝ここ〟って、どこなんだい？　つまり、この場所の名前は？」

「名前ですって？」エドナは言った。「名前なんてないわ。ただ、ここよ。場所の名前は二つしかないわ——こことあそこ。そして、私たちはここにいる」

「ありがとう」ピーボディーはため息をついた。彼にできる精一杯のため息だったが。「確かに。われわれが今泳いでいるこの流れはどこに通じているのか訊いていいかい？」

「あなたの話し方といったら！」エドナが嬉しそうに声を上げた。「今まであなたみたいな話し方をする方と会ったことはないわ。川に通じているのよ。人間が集まっているわ」

「ほう！」ピーボディーは顔を輝かせた。「川か。そして、人間。彼らの名前は知らないよね？」

エドナは首を振ると、しなやかな首が愉快そうに波打った。「人間には名前があるの？」

「ああ」アリグザンダー・ピーボディーが彼女に答えていると、流れの曲がるところで町が視界に入った。

あまり立派な町とは言えず、流れの注ぎ込む川の畔に石と木でできた家が集まっている大きめの集落といったところだった。しかし、その向こう、丘の頂にはもっと堂々とした建築物、巨大な石壁を擁した、要塞と呼んでもいいものがあった。この要塞の境界内に入って、ピーボディー教授が建物の上方に目をやると、壁の上に人間がいて、歩哨らしく地平線を監視していた。

「あれは何だい？」彼が勢い込んで尋ねると、エドナは町に目を向けた。

「あれはただの家よ」彼女は答えた。「ちょっと退屈ね。あそこでは何も起きないわ。私は泳ぎに出て来ただけなのよ。おなかが空いたからミミズを求めて。あなたもいかが？ ミミズのいる素敵な場所を知っているわ」

「いや、遠慮しておこう」アリグザンダー・ピーボディーは慌てて答えた。「私は――その、君が住んでいる場所を知りたいな」

「そうなの？」エドナは嬉しそうだった。「それなら来て。ところで、あなたの名前は、色男さん？」

「私のことはアレックスと呼んでくれ」ピーボディー教授は申し出た。

「アレックス。気に入ったわ」エドナが言った。「あなたみたいな大きくて強い鳥に相応しいいい名前ね。いいわ、アレックス。あの枯れ木の所まで泳いでから、道を登れば壁に穴があって……」

四十分後、ピーボディー教授は砦の石壁の割れ目を苦心して通り抜けて内部に侵入した。エドナが導いてくれた経路の近くには人間はいなかった。しかし今度は、視界に多数の人間がいた。壁の内部には石造りの建物が多数あり、中央にある大きな建物にはそびえ立つような柱と広い大理石の石段があって、実際とても堂々たるものだった。

通りはぬかるんでいて、ゴミだらけだったが、誰も気にする者はいないようだった。各人がなすべき仕事のために、ひどい水たまりを避けながら、ゴミなどには目もくれずに歩き回っていた。

少し離れたところにあるのは市場らしかった。ところが、小動物の死体の他には何も売られていなかった。それらはさんざん値切られた末に、ゆったりした白いガウンを着た主婦が買っていった。

目に入る男はいずれも兵士たちで、剣か矛、あるいはその両方を持って武装していた。いずれも白いコットンあるいは手織りラシャのチュニカをまとっている。その多くが上から革のジャーキン（袖無しの短い胴着）か、少なくとも革のストラップを巻いて、そこから楯を吊っていた。ピーボディー教授は住民の服装から自分がどこにいるのかわかるはずだと思った。しかし、彼にはわからなかった。なんと言っても彼は科学者で、歴史家ではなかった。それでも、思い出せなかったとはいえ、心の中でなじみがある気がした。

しかし、彼はどうにかして彼らと接触し、自分のまとっている家禽の体に人間の心と知力が宿っていることを知らせなければならない。

彼が心の中で次の行動を考えていると、大きな白い家禽が彼とエドナの方に近づいてきた。もう一羽の鶩鳥、それも実のところ雄の鶩鳥で、アリグザンダー・ピーボディーが嫌悪感を抱いた尊大な態度で、よたよたとやって来た。

「まあ、カールだわ！」エドナが興味を示す小さなシューという声を上げた。「ねえ、アレックス、一言警告しておくわ。カールは私のことがとっても好きなの」

「彼がかい？」ピーボディー教授は答えたが、その声にははっきりと嫌悪感を示す調子が含まれていたことに自分でも驚いた。

「やあ、エドナ」近づいてきたカールがシューという音をさせて言った。「そのみすぼらしい奴をどこで拾ったんだい？」

「彼は私のお友だちの紳士よ」エドナが首を振りながら答えた。「一緒にちょっと散歩していたのよ」

「へえ、そうなのかい？」カールはずるそうな目でアリグザンダー・ピーボディーをひたと見据えた。「それじゃ、おれに蹴飛ばされて羽根をむしられないうちに、また散歩に出かけるよう伝えてくれ」

「いやよ！」エドナが挑発的に答えた。「たぶん、彼は自分の面倒は自分で見られるわ。そうでしょ、アレックス？」

「えっ？」アリグザンダー・ピーボディーは身の危険を感じた。カールの意図は明らかに敵意に満ちたものだった。その敵意に対して報いてやろうという奇妙な衝動にもかかわらず、ピーボディー教授はつまるところ平和主義者で、実人生において争いになったことなどなかった。カールは彼に決心させる余裕を与えなかった。シューという声を上げ、くちばしを鳴らしながら、カールは突撃してきた。

カールは大柄で、明らかに好戦的な性格だった。最初の突進で教授は倒れてしまった。彼が横向きに倒れている間に、カールは彼の体から羽根を何本も引き抜いた。そして、力強いくちばしでいろいろな場所をつねり、どこも痛かった。

羽根を逆立てながら、ピーボディーは急いで立ち上がると、反撃を試みた。しかし、彼は闘いに不慣れで、カールが恐ろしいやり方で圧倒したので教授の戦意は阻喪した。教授は向きを変えて逃げた。

彼は羽根をまき散らし、翼をばたばたさせながら、ガーガー言って通りを下った。カールは追い打ちに二、三度さらにつねった。それからカールはエドナのところに戻った。

「立ち去ったな」ピーボディーはライヴァルが彼の背後でシューシュー言っているのを聞いた。「もう二度とあいつを見ることはないだろうよ、可愛い子ちゃん」

教授が角を曲がり、ぐらぐらする石段を横滑りすると、大理石の石段に向かって急いでいる男の脚に衝突しそうになった。最初、サンダル履きの足の辺りに白い服地がひらひらしていたので、教授は女性かと思った。

しかし、がさつな話し声は明らかに男で、こう話していた。「はらわたをけり出されないうちに、おれの通り道からどくんだ！　鵞鳥が女神ミネルウァの使いでなかったら、誓って、お前の首をひねって、料理用の深鍋に放り込んでやるんだがな。さもなければ俺の名前はマルクス・マンリウスじゃないことになる！」

ピーボディー教授は羽ばたいて片側に寄りながらも、興奮が満面に広がった。言語はラテン語だ。そしてこの男はきっと――そう、丘と川が決定的だ。ここはローマなのだ。

ピーボディーの胸に大きな歓喜が燃え上がった。ローマ！　明らかに初期のローマであることは、この場所が田舎の村以上のものでないことからわかる。それでも、千年前から世界の歴史の大半が作られてきたローマには違いない！

彼は即座に住民と連絡を取り、日付を聞き出して、彼が投げ込まれたのがローマの歴史においてどの段階なのか知らなければならない。それから、あらゆる状況を摑んだら、自分の頭脳と知性を働かせることができる。鵞鳥の肉体というハンディキャップを負っているが、それでも逆境を乗り越えて勝利を収めるかもしれない。

彼は泥だらけの石段をよたよたと上って、先に上っている男を追い越した。男は部隊長のような威厳で大またで歩いた。

ピーボディー教授は彼の最上のラテン語で呼びかけた。

「ヒック、ハエク、ホック！（「これ」の変化形）」にらみつけるような表情をしているマルクス・マンリウスの注意を引こうとして彼は金切り声で言った。「ガリア・エスト・オムニス・ディヴィザ・イン・パルテス・トレス（「ガリアは全体として三つの部分に分かれている」の意。『ガリア戦記』冒頭）！　頼むから聞いてくれ！　私は友人だ。私の姿が鵞鳥に見えるのは間違いだ。君たちに話さなければならないことがある！」

期待しながら待っていたピーボディー教授にとって、純正のラテン語が彼の舌からするすると流れ出た。しかし、トーガをまとった男はにらみつけただけだった。

「シューシュー言ったり、わめいたりするのはやめろ、この鵞鳥め！」男はピーボディー教授に向かって怒鳴りつけた。「すべての神々の名において、お前をおれのイヤリングにしてやるぞ！　聖なる女神ミネルウァの守護さえなければ、お前をばらばらに引きちぎってやる。さあ、どくんだ！」

うろたえてピーボディー教授は脇に寄ろうとした。彼は遅すぎた。足が尾羽(おばね)のすぐ下を踏みつけた。彼は空中を羽ばたいて石段を下りた。

息を切らしつつ、ピーボディー教授は激しく羽ばたきながら翼を広げた。しかし、飛び方を知らなかったので、何かがおかしかった。彼は横滑りして失速し、それから抜け出すと、きりもみ状態になった。一瞬後、彼は最下段に着地し、体に残っていた息をすっかり吐き出すほどの衝撃を受けた。

石段の上からがさつな笑い声が聞こえた。それからマルクス・マンリウスは立ち去った。

ゆっくりと、ピーボディー教授は呼吸と思考力と勇気を回復した。彼は男に理解させるのに失敗した。たぶん、彼の発音が間違っていたのだろう。あるいは、もっとありそうなことは、声帯が人間の言葉をはっきり再現するのには向いていないのかもしれない。

それでも、何とかして彼はローマ人と意思を通じ合わなければならない。さもなければ、二十年間に及ぶ苦労と一生の野心が無に帰してしまう。

高度の精神集中を必要とする問題だった。彼は町中をぶらつきながら考えることにした。目の隅でエドナとカールが反対方向に散歩しているのが見えた。一瞬、ピーボディーの全身を屈辱感が駆けめぐった。それから、つまらない個人的事情を脇に置いて、彼はどうやってローマ人と意思疎通を図るかについて集中して考えた。

まもなく、彼の目がぱっと輝いた。午後の最後の陽射しを浴びようとして、彼の目の前の踏み段に腰かけて、一人の男が横に置いてあるインク壺に時々鵞ペンを浸しながら羊皮紙に何かを書いていた。

ピーボディー教授に希望が湧いた。この男は写字生で、教育のある男だ。彼は慎重に近づいた。仕事に専念している写字生は頭頂部のはげ上がったやせた男で、彼に何の注意も払わなかった。ピーボディーはさらに近づいた。

もしも、と彼は思った。彼が口で――いや、くちばしで――鵞ペンを保持して、それでメッセージを書くことができたら――だめだ、実際的ではない。しかし、それでも――。

彼は咳払いをした。最初は話そうとした。実際に話して、二言三言発声したのだが、写字生はうるさそうに顔を上げただけだった。

「シッ、シッ！」男は言った。「行っちまえ。いや、ちょっと待った！」

アリグザンダー・ピーボディーは離れ始めてから、立ち止まった。写字生の表情はこれまでよりも友好的になっていた。相手の関心の兆候に勇気づけられて、ピーボディーは首を曲げ、くちばしを踏み段の脇のゆるい泥に突っ込むと、ぎごちない大文字を書き始めた。

「H－I－C」のたうつような文字だが単純だった。「H－A－E－C……H－O－C」

勝ち誇ったように彼は一歩退いた。どうだ！　これで彼の知性が証明されるだろう。写字生の注意を引くんだ。それから本題の文章を書く。そうしたら――。

彼は顔を上げた。写字生は彼をさっと抱き上げた。大きな手が彼の翼を摑む。ピーボディー教授を痛みが貫いた。彼は跳ねて、男の両脚の間に着地した。翼をぱたぱたさせながら、彼は危険を脱し、その背後では写字生がよろめいて宙を摑み、ぬかるみに大きな音を立ててしりもちをついた――アリグザンダー・ピーボディーが書いた言葉のど真ん中に！

ピーボディーはうめき声を上げた。かっとなった写字生は手に一摑みの羽根と石を持って立ち上がろうとしていた。彼は石を投げつけた。ピーボディーは角を回って石をよけた。

あの男ときたら！　あいつはただ新しい鵞ペンの材料が何本か欲しかったのだ。こともあろうに、理学士、理学修士、理学博士のアリグザンダー・ピーボディー教授を筆記用具の材料にするとは！

それからピーボディーはうなだれて、尾羽をだらんと垂れた。晩が近づき、寒くて骨身に染みる風がローマの通りに吹いていた。彼は誰とも意思の疎通を図ることができず、何をしようとも再び失敗すると思うと気持ちが暗くなった。一羽の鷲鳥に誰が注意を払うと言うんだろう？

彼はため息をつき、それから或る決心が固まった。彼は戻って、またエドナに会うのだ。たぶん、彼女はただの鷲鳥だが、同じ仲間で、話し相手になり、一方、彼は孤独だった。

カールについてだが、今彼を見つけたら、半殺しの目に遭わせてやる！

彼は方向転換して、エドナとカールを捜しに行った。

アリグザンダー・ピーボディーに不思議なことが起きていて、そのことに彼は半分しか気づいていなかった。彼の自我が宿っている肉体に残っていた鷲鳥の人格が彼の思考と行動に影響を与えていた。彼は徐々に人間のこと、彼をここまで連れてきた使命に対してさえも興味を失いつつあった。

逆に、彼がエドナのことを思えば思うほど、仲間が欲しくなった。野蛮なカールのことを思うほどに、再び彼と一戦を交え、筆毛（生え始めの羽毛）が抜けるまでくちばしで叩いてやりたいと思うのだった。

極めて精神が好戦的な状態で、アリグザンダー・ピーボディー教授は羽毛を逆立てながらローマのぬかるんだ通りをよたよた歩いた。

しかし、彼はカールとエドナを見つけることができず、夜が迫ってきた。彼は空腹になり始めた。或る戸口の脇にパンの皮が落ちているのを見つけて、くちばしで砕いた。それを呑み込んで、水たまりの水で胃に流し込み、元気が回復した。

とはいえ、今では闇が濃くなって彼は道に迷っていた。町の人間は日が暮れてすぐに床に入っていた。時たま、脇に剣を携え、背に楯を吊った、外套を着た人影が通り過ぎた。ピーボディー教授は彼らが城壁に立つのを見て、歩哨だとわかった。

しかし、夜が更けるにつれて、冷たい風はいよいよと身を切るようになり、歩哨たちが風にさらされている持ち場から、暖を取れる奥まった場所を求めるのが見えた。しかし、ピーボディーは彼らには関心がなかった。薄暗い月が昇り、通りの向こうにはカールやエドナと別れた神殿が見えた。

彼は神殿に向かって急いだ。

すると、縦溝彫りの石柱の後ろで、エドナとカールが互いに翼を触れ合わせながらうずくまって並んで眠っていた。

憤慨と嫉妬からピーボディー教授は怒りの声を漏らし、それで二羽はびっくりして目を覚ました。そして、エドナははにかんだようにまばたきした。

「まあ、アレックスじゃない！」エドナは言った。

「いいか、この羽毛野郎」カールがしゃべり立てた。「失せろ、さもなければ翼を引っこ抜くぞ」

「何様のつもりだ？」ピーボディーはこういう物言いに対する若者のお気に入りの言葉を思い出して言い返した。「この意気地なしめ！　こっちはお前をぺちゃんこにして鷲鳥脂（料理や薬用にも使用する）を絞ってやる！」

「まあ、アレックス！」エドナがため息をついた。「あなたときたら、何て愉快な言葉を使うの！　それに、怒っている時のあなたの方が素敵だわ！」

「それならこれがこいつの見納めだぜ、可愛い子ちゃん」カールはエドナに言った。「おれがこいつを片づけたら、スズメを隠すほどの羽根も残らないからな」

そう言うと、カールが突撃してきた。

ピーボディー教授は最初は劣勢だった。その理由は主として彼が闘いの場――神殿の向こうの平面――で闘いたかったからだった。ミネルウァ神殿の大理石は滑りやすく、今やっている騎士道的な一騎打ちにはしっかりした足場が欲しかった。

そこで彼はひょこひょこと退却し、遠くの石段を下りて、明るさは充分ではないものの昇りつつある月が照らす空き地に入った。カールは勝ちどきの声を上げながら追いかけ、その闘いの音に神殿の隅々から叩き起こされた何十羽もの鵞鳥が、二羽を追いかけた。

空き地の中央にピーボディー教授が陣取った。彼は逃げるのをやめて、攻撃に転じた。

作戦の変化にカールは度肝を抜かれ、ピーボディー教授は彼の頭にくちばしを打ちつけて半ダースもの音を立てた。すると、カールは怒りを倍増させて絶叫し、教授と接近戦を交えた。

他の鵞鳥たちは集まって、甲高い興奮の声を上げながら観戦した。しかし、どんな声よりもエドナの声が一番はっきり聞こえ、彼女の「ああ、アレックス。あいつにやられないでよ！」という声はピーボディー教授の耳には甘い音楽に聞こえた。

とはいえ、ピーボディー教授はその剛胆さにもかかわらず、鳥の世界における闘い方には慣れていなかった。彼が徐々に、恐ろしい翼と翼、くちばしとくちばしの格闘に負けつつあった時に、邪魔が入った。すぐそばで松明（たいまつ）の火がゆらめき、彼の聞き知った声が恐ろしいまでの怒りに駆られて怒鳴った。

「我が祖先の聖なる骨にかけて、ミネルウァだろうがミネルウァでなかろうが、目の周りに黒い印のついた鷲鳥の砂嚢（さのう）を切り刻んでやる！　今日、フォルム（ローマの広場）においてて、そいつは鳴き声で私の耳をつんざき、今夜は鷲鳥同士で喧嘩して、ひどい騒音を立てて、実直なローマ人を必要不可欠な眠りから叩き起こすとは。私はそいつの肝臓を焼いて、砂嚢を炙り、骨をシチューにして――」

別の声がさえぎった。

「マルクス・マンリウス！　連中が来た。敵が丘陵の小道をこっそり上っている！」

まさにその時、夜に戦いの音が響き渡った。鎧を付けて短剣を持った男たちが通りに駆け出した。松明が赤々と燃え上がる。町の城壁から甲高い野蛮な雄叫びが、負傷した男たちのあえぎや苦痛の声が上がった。

しかし、アリグザンダー・ピーボディーはそんなことに注意を払わなかった。彼にはやらなければならない自分の闘いがあった。カールは依然として力強く元気で、彼の首を押していた。そこでピーボディーは必死になって、戦術を変えた。

彼の新たな闘い方は、中世の騎士たちによる槍を使った馬上試合の、記憶に残っている最良のものと現代の飛行機による空中戦の組み合わせだった。首を槍のように伸ばし、彼はカールに突撃した。彼の硬いくちばしがカールの防御を突破し、相手を打ち倒した。優位を築くと、ピーボディー教授は飛んだ。

翼を盛大に羽ばたかせて、彼は三フィートの高さに達すると、そこからカールめがけて急降下した。立ち上がろうともがいていたカールはピーボディーの全体重を側頭部に受け、再び倒れてぼうっとなった。アリグザンダー・ピーボディーは一ヤードほど退いてから、再び首を槍のように水平にする戦術を採った。

カールは退却した。ピーボディー教授が追撃する。カールは後ろを見せて、安全を求めて駆け出し、ピーボディーは最後の勝利の一撃をお見舞いした。カールの苦悶に満ちた鳴き声が夜の通りを遠ざかっていくと、神殿の石段に寄りかかって肩で息をしているアリグザンダー・ピーボディーにエドナが寄り添った。

「アレックス」エドナが言った。「あなたは素敵だったわ」彼女は長くしなやかな白い首を彼の首にすり合わせた。

不思議なぞくぞくする感じがピーボディー教授の全身の血を温めた。彼は闘争で敵に打ち克ち、美しいレディーの称賛を勝ち得たのだ。

「本当はたいしたことじゃないんだよ、エドナ」彼は謙虚に言った。「あのカールは、過大評価されていた乱暴者に過ぎないんだ」

「それでもたいしたことだわ」エドナはささやくように言った。「あなたは英雄よ、アレックス。少なくとも、わたしの英雄だわ」

「きみのためにやったんだ」アリグザンダー・ピーボディーは大胆に言った。「きみのためなら私はいつだって闘うよ、もしも――もしもきみが許してくれるなら」

「まあ、アレックスったら！」エドナは愛おしむように息を漏らすと、彼に体を押しつけた。

他の鵞鳥は眠りに戻ったので、二羽の周囲には誰もいなかった。闘いに夢中になっていたので、ピーボディー教授は町の城壁から聞こえる戦闘の音が少しずつ小さくなっていることに気づかなかった。松明の明かりが彼らに近づき、彼は目をぱちくりさせ、とにかくローマ人のことを思い出させたのはしばらく経ってからのことだった。

その時、彼が顔を上げると、毛皮を着たたくましい男がローマ軍の一隊から飛び出して、兵隊から剣を摑むと、ピーボディー教授に向かって突進してきた。

「おれたちが勝っていたんだ、いまいましいローマ人どもめ」牛のような声でひどいラテン語をがなり立てた。「悪魔の申し子のようなこの鵞鳥さえいなかったら！　おれはこの目で見たんだ、ちょうど城壁に突撃しようという時に、こいつが別の鵞鳥と闘って、お前たちを目覚めさせたんだ。だからこいつは殺さなければならん！」

大柄な兵士が剣を振りながら彼らに近づいてくると、エドナは恐怖で悲鳴を上げた。

しかし、アリグザンダー・ピーボディーは恐怖を感じなかった。彼は前に飛び出して、くちばしを突き出し、激しく威嚇の声を上げた。剣が一閃して振り下ろされた時、彼は跳び上がって敵の目を狙った。

猛烈な突きを入れて、背後ではエドナが苦悩に満ちた声で「アレックス！　アレックス！」と叫んだ。すると、剣の端が彼の首に刺さり、アリグザンダー・ピーボディー教授の意識が闇に閉ざされた。


その闇が続いたのは一分だったのかもしれないし、一時間だったのかもしれない。ピーボディーにはわからなかった。しかし、闇の帷がゆっくりと上がると、まだエドナが叫んでいるのが聞こえた。「アレックス！　アレックス！」そして、彼を起こそうとしてくちばしで翼を揺り動かしていた。ピーボディー教授は目を開けて、ぱちくりさせた。

「だいじょうぶだよ、エドナ」彼はあえぐように言った。「私はだいじょうぶだ。私は――」

そこで彼は口を閉じた。というのも、目の前にいるのは姉のマーサだったからだ。

彼女は彼の肩を放して、後ろに下がった。アリグザンダー・ピーボディーは自分が書斎のモリス式安楽椅子（背の傾斜が調節できる安楽椅子）に座っていて、外は夜になっていることを知った。

「アリグザンダーったら！」マーサが声を上げた。「いったいどうしたの？　私が入ってくると――あんたは椅子で居眠りしているみたいだった。でも、どんなに揺り動かしても、あんたを起こすことはできそうもなかったわ」

彼女は口を閉じて、弟を見つめた。

「エドナって誰なの？　あんたどうしちゃったの？　あんたは――人が変わったみたい」

アリグザンダー・ピーボディーはすぐには答えなかった。彼は椅子から腰を上げると、書棚に向かい、百科事典の一巻を引き出した。そこで探していた名前を見つけた。しばらく、彼はそのページを見つめていた。

マルクス・マンリウス・カピトリヌス　貴族。紀元前三九二年にローマの執政官となる。言い伝えによれば、紀元前三九〇年に包囲していたガリア人がカピトリウムの城壁をよじ登ろうとしていた時、聖なる鵞鳥の騒ぐ声で目覚め、現場に駆けつけて、最初の襲撃者たちを投げ落とした。ローマに対する攻撃は失敗に終わった。

ゆっくりとピーボディーは百科事典を閉じて顔を上げると、マーサと目が合った。

「私は変わったのだ」彼は高らかに言った。「私は冒険を知った。私はたった一人で敵を敗走させた。そして、歴史の流れに影響を及ぼしたのだ。

ガリア人が紀元前三九〇年にローマを陥落させなかったのは私がいたからだ。もしもローマがあの時、陥落していたら、ローマ帝国は存在しなかったかもしれない。もしもローマ帝国が存在しなかったら、世界の歴史は大いに違ったものになったことだろう。だから、私は近代の独裁者たちが望む以上に歴史に影響を及ぼしたことになる。この私、アリグザンダー・ピーボディーがだ。私は満足だ」

マーサは目を丸くして弟を見た。それから徐々に顔を和ませると、首を振った。

「あんたは夢を見たのね、そうよ」彼女は言った。「でも、あんたの見た夢が実際に起きたと信じているなんて言わないでね。鵞鳥じゃあるまいし、ばか言ってるんじゃないわよ」

アリグザンダー・ピーボディーは姉を見つめたが、その目には憤慨はなく、まるで人生において何か特別な瞬間のことを思い返しているような、遥か彼方を見ている気配があった。

「もちろんだとも、マーサ」彼は威厳をもって答えた。「とにかく、姉さんも知っての通り、私は愚かな空想家（ガンダー）（雄の鵞鳥で、まぬけの意味もある）だからな」

幽霊を信じますか？
Do You Believe in Ghosts?

「これなんだよ」古いキャリデイ館を数分間熱心に見つめてから、ニック・ディーンは言った。「これこそ私の思い描いていた家だ。上は屋根から下はさび付いた蝶番と、踏めば軋む床板に至るまで」

ダニー・ローマックスが安堵のため息を漏らした。

「神を褒め称えよ！」彼は言った。「われわれは君におあつらえ向きの家を見つけるのにほぼ一週間を無駄にしてしまって、宣伝する時間はあまり残されていない。それでも私は認めよう」――ダニーは、かつての威厳をわずかに留めている古い石材と材木でできた、うずくまるような姿の建築物を見下ろした――「君が本当に素晴らしい物を見つけたことを認めよう。幽霊屋敷ではないとしても、とりあえずはこれで充分だ」

ニック・ディーンはキャリデイ館を値踏みしながら、もうしばらく立っていた。アーチ型の入口には、今なお浸食しようとする自然力をはねつけて一七八四という数字が刻まれていた。建物は長いL字型のコロニアル様式で、基礎は石造り、上部構造にはハンドソー（片手のこぎり）で挽いた羽目板を使っていた。かつては暗い色で塗装されていたが、年とともに褪色し、今ではざらざらして斑点が浮き出ていた。

　建物は二階建てで、屋根裏があり、部屋数は多そうだった。以前に伐採された森が館の外壁近くまで迫り、その辺りは狭苦しく窮屈な感じに見えた。半ば通行不能になっている田舎道と二軒の崩れ落ちた離れの廃墟を結ぶ、雑草の繁茂した土の露出した車道が風景を台無しにしていた。

「すべてが揃っているよ、ダニー！」ニック・ディーンが威勢よく続けた。「あとは幽霊だけだ」

「私にとっては文句なしだな」ラジオ番組のスポンサー――『ソーピュア石けん提供のディーンと冒険を！』――を担当する技術助手が断言した。「もちろん、山に住む男がカバの存在を信じなかったのと同じように、私も幽霊なんか信じませんよ。幽霊に出会いたくないという理由があるからなおさらです。歳を取ったから、お化けを喜ばせるためだけに自分の所信を変えることができないのです」

「まさにそれだ」ニック・ディーンが彼に言った。「住人の幽霊が誰かに取り憑いているとか、誰かが幽霊を見たとか、見たと思ったとか、こんな幽霊だったというのは、私のスタイルじゃない。もちろん、ここには誰も来ないし、気まぐれな通行人にここを通るのはやめようという気にさせるほどには気味が悪いけど、確かな言い伝えとかは何もない。私が探していたのはそれなんだ――それと、好都合な背景だね。ここにはその好都合な背景がある。ここで三世代のキャリデイが死んでいる――たぶんマラリアで。裏に沼があるじゃないか。最後のキャリデイは海に出て、ジャワで死んだ。ここは今では十五年も空き家になっていて、例外は浮浪者が一人、冬に肺炎で死んだことだけだ。森の沼地に近いこんな場所では、誰もここを買い取ろうとは思わない。二千ドルも出せば、不動産管理人は喜んで鍵を差し出し、素敵なできたてほやほやの幽霊を付けることも含めて、われわれの望むことを何でもやってくれる。まさにそれが私のやろうとしていることだ」

「ニコラス・ディーン、幽霊仕立てます、上流階級向け幽霊メイカー」ダニー・ローマックスがぼやいた。「いいですか、私はかつてあなたの本を読んで、信じたんです。アンコール・ワットの古い寺院で不運な踊り子について語り、僧侶たちが彼女を捕まえに来る前に彼女を救い出した顚末の章に、私は当時興奮したものでした。まだ若かったので、本当に起きたことだと思ったのです！」

「まあ、アンコール・ワットに寺院があることは事実だし」ニック・ディーンはにやにやした。「踊り子もいる。だから、君が物語を楽しんだのであれば、どうして文句を言うんだ？　読んだ時には信じたのだろう？」

「ええ」ダニー・ローマックスはタバコを踏み消しながらうなずいた。「信じました」

「それなら本代の元は取ったわけだ」長身の日焼けした男は言った（召使いのウォルターズが慎重に時間を計って行っている、毎晩の太陽灯療法のおかげで手入れが行き届いているのだ）。「それに、百万人がまだその話を信じている。ちょうど一千万人がこれからキャリデイの呪いを信じることになるのと同様に」

「けっこうですよ」小柄な筋肉質の男はうなずいた。「私は議論するためにここにいるわけじゃありません。たとえキャリデイの呪いがニック・ディーンによるまったくのインチキであっても、私はこの場所が気に入らないのです。赤ちゃんの幽霊が何人もいたら、育ててみたいものですね。ここで育てて、ここに住まわせるのです。雰囲気たるや、とても不健康なものでしょう！」

ニック・ディーンは微笑んだ。アテナ神殿の円柱を背景に、またエヴェレスト山の中腹で、あるいはアルプス山脈を越える象にまたがって、その他様々な場所で写真を撮られて、世界中で彼に好き勝手を許してきた、白い歯の輝きを見せた。彼は頭骨を滑らかに覆う漆黒の髪を後ろになでつけて、道路に戻り始めた。ダニー・ローマックスが後を追って、計画を声に出して言った。

「この道路まで移動式通信ユニットを運ぶことができます。ここです」彼は決断した。

「あなたがポータブルの送信機を背負えば、ユニットが電波を拾って、それを今度はハートフォードまで送信します。ハートフォードではそれをニューヨークに流し、ネットワークに送るわけです。通信装置は徹底的にチェックしますから、失敗する恐れはまずありません。このところ聴取率が落ちていますが、これが人気を再びトップに押し上げるカンフル剤になるでしょう。リスナーの大半は、ラジオでドラマ化されたものをすでに本で読んでいます。今回は、十三日の金曜日に幽霊屋敷からの実況放送ですから、リスナーを惹きつけることでしょう。ディーン、あなたはいかさま師ですが、名案を思いつくこともあって、これは中でも上出来の部類です。仮に」

「仮に、何だね？」ニックが挑むように問いかけた時、二人は道路に達して、待たせている車に乗ろうとするところだった。

「仮に成功すればですが」ローマックスが右側の座席に座るとドアをばたんと閉めた。

「多くの新聞記者があなたをあまりよく思っていません。もしも今度の放送に何か胡散臭い点を見つけたら、連中は死ぬほど高笑いすることでしょう。幽霊には出てもらわなければなりませんし、リスナーもそれを信じなければなりません。これについては間違いは許されないのです」

「幽霊は出るだろう」ニック・ディーンは肩をすくめて、自動車を発進させた。「リスナーも幽霊の実在を信じるさ。これを持って部屋に閉じこもる。これから台本に取りかかる。リスナーには、明かりを消して、暗闇で百年の間、キャリデイ家の呪いとされたものが姿を現すのを、私と一緒に待つのを想像するように言おう。私の武器たるや懐中電灯と聖書、そして――」

「契約書だけで」ダニーが茶々を入れた。「失礼。あなたとお会いして以来、すっかり幻滅させられたもので」

「十字架だけだ」今やいささか苛立ちを見せながらディーンが話を続けた。「リスナーは床板が軋む音と死番虫が壁の中で立てている音を聞く。その他の数多くの細部も。進みながら作っていく。常に自然さが最も説得力のある効果だということに私は気づいたんだ。リスナーは納得するだろう。いつだってそうじゃないかね？」

「ええ」広告制作者がしぶしぶ認めた。「あなたが演技に入ると、老婦人たちは興奮して失神し、子供はベビーベッドで一晩中泣くのです。先月の番組の後で、心臓麻痺を起こした人――アイオワ州ダビュークのオールドミス――がいましたが、あれはあなたがマレーシアの真珠養殖場の深度四十フィートの海中でタコと闘った時のことです」

「今回は半ダースくらいになるぞ」ニック・ディーンは満足げに予言した。「キャリデイ館に入って、牡蠣のような顔をしたあれに出会ったら――」

「牡蠣のような顔ですか、はあ」ダニー・ローマックスが鸚鵡返しに言ってから、それをぐっと呑み込んだ。「そういう顔になるんですか？」

ニック・ディーンはくすくす笑ってうなずいた。

「水の滴っている青い牡蠣以上に死んだようになっているものといったら、殻を開けてから時間が経ったもののくらいしかない」彼は言った。「それがどんなだかは知らないがね。どこまで言ったっけ？　ああ、そうだ。さて、私が館に入って牡蠣のような顔をしたあれが近づくのを待っている時、一千万人の心胆を寒からしめてやるつもりだ。きみたちがきちんと仕事をしてくれたらな」

「やりますよ、われわれはやりますとも」ダニーが請け合った。「この館の写真を送り、地元の人間が村人たち数人に広めるように噂話を流し、町の中心に向かって派手に宣伝をしましょう。われわれがやらないのは、天気予報士に嵐の夜になると言わせることだけです。天気は運に頼らなければなりません」

「夜はこの辺の沼地では一般的に霧が出るものだ」ディーンが真面目な顔をして答えた。「霧はいつだって嵐と同じように好都合だ」

「ええ」ダニー・ローマックスは体をひねりながら下の窪地――館の背後の坂道を上ってここまで来たのだ――にある館を見下ろして、同意した。太陽が沈むとともに冷気が沼地のある谷間に流れ込み、すでに霧は細い灰色の筋となって出てきた。「いつだって、霧は私にとっても好都合でした。ねえ、ディーン、たぶんあなたご自身がお化けを信じていないのはいいことかもしれません」

「たぶんそうだな、その点では」ニック・ディーンはにやりとすると、一行は高台を登り切って、キャリデイ館は視界から消えた。

霧深い夜ではなかった。それでも、ダニー・ローマックス、ニコラス・ディーン、二人の新聞記者――ケン・ブレイクとラリー・ミラー――がキャリデイ館に入ろうとした時には館の周辺には薄霧が立ちこめていた。

小さな峡谷のまさに底に建っていたので、ゆっくりと厳か（おごそ）かに舞いながら移動する淡い蒸気に館は包まれた。半月が弱々しい明かりを森に射した。すでに十一時で、『ディーンと冒険を！』が特別放送で放送される時間だった。

ダニー・ローマックスはイヤフォンを耳に固定し、そこから伸びたコードが道路脇に置いてある通信ユニットに繋がっていた。

ダニーはイヤフォンをはずして手を垂らした時、館は四百ヤード（約三百六十メートル）離れていて、四百万ヤードではなかったことを、漠然と残念に思ったことに気づいた。

ニック・ディーンは放送の状況の概略を述べる長々しい説明とテーマ音楽が終わったことを意味する合図を受けた。彼の深く表情豊かな声が、すらすらと後に続いた。

「こちらニコラス・ディーンです」胸に固定され、肩に吊った放送装置に接続されているマイクに向かって、彼はリラックスして言った。「古いキャリデイ館が約四百ヤード向こうの、私の下方の窪地に建っています。青白い月光が照らしています。まるで人の目から隠すように霧のヴェールが周囲を包んでいます。十五年間、その屋根の下で一夜を過ごして――生きて出た者はいません」

彼の声は意味ありげに止まった。目の前にいない聴衆に、わくわくするような恐怖の最初の一突きをお見舞いするためだった。

「しかし、今夜、私はキャリデイ家の呪いをものともせずに、館に入るつもりです。そして、三世代にわたるキャリデイ家の人間が死んだ主人用の大寝室で、言い伝えにある未知なるものの出現を待つことにしています。

これから、両側に二名の新聞記者を伴って私は館に向かいます。一名は手錠を持っていて、もう一名は手錠の鍵を持っています。彼らは私に手錠をかけて、主人用寝室の窓から見ることのできる、埃よけカヴァーのかかった古風な四柱式ベッドの頑丈な支柱にくくりつけることになっています。これは私が真夜中の鐘が打つ前――つまり、不吉な十三日の金曜日が過ぎて、消え去った日々の仲間入りする前――に部屋から出られないことを保証するためです」

ニック・ディーンの声は続いた。慎重に韻律的な抑揚をつけながら高くなったり低くなったり、一マイル、千マイル、三千マイル離れたリスナーの感情にささやかな働きかけをしていた。彼とダニー・ローマックス、二名の記者は館に向かって坂を下りていった。

手錠の件は、ニック・ディーンの土壇場でのひらめきだった。新聞社は見世物的な放送に対していささか嘲笑的だった。しかし、ニック・ディーンのショウマンとしての本能が難局を乗り切った。幽霊が出ようと出まいと、無人の家に男が鎖で繋がれていて――家から離れることができない――というアイディアの強制力のあるところが評論家たちに受けたのだ。

ディーンは懐中電灯の明かりを前方で踊らせて、話しながら古い館に近づいた。彼は森や夜に聞こえる音、揺らめく薄霧、前方に出現した無人の静かな館を描き出し、良い仕事をした。彼に同行している三人に必要だったわけではない。彼らが館にたどり着かないうちにも、ブレイクとミラーが見せていた、慎重に保ってきた懐疑的な態度は表情から消え失せていた。彼らは冷笑的ではあったが、ダニー・ローマックスは二人の表情に不安の色が見えたと思った。

「私たちは今、腐って軋むような音を立てるポーチに立っています」ディーンはリスナーに向かって語っていた。「記者の一人が、館の白髪の管理人——その表情から、館について多くのことを知りながらも口を閉ざして語ろうとしない様子が窺われます——が渋々渡してくれた鍵でドアを開けています。ドアが軋みながら開きました。照明で暗い玄関ホールが見えます。至るところ埃だらけで、数インチも積もっているようです。私たちが入ると、埃が立って、私たちの周りで渦を巻いています——」

一行は館に入った。ニック・ディーンの足取りは四人の中で一番確かで、彼らは長くて狭い玄関ホールを通って階段にたどり着いた。明かりでサイドルームがあることがわかり、そこには古い家具が詰め込まれ、埃よけカヴァーは二十年近くかけられたままだった。階段は螺旋状で、踏むと軋んだ。長期間閉め切っていた家では普通のことだが、空気はカビ臭かった。

一行が二階に達すると、端の窓から月光が射していた。懐中電灯の明かりが埃をかぶった鏡に反射し、ラリー・ミラーがぎょっとして跳び上がった。ニック・ディーンはマイクに向かって忍び笑いをすると、百万人のリスナーたちが彼の勇気に即座に賛意を表してうなずいた。

「私の連れは神経質になっています」ニック・ディーンはリスナーに向かって言った。「彼らは見えざる者たちのみが歩む、この静かな部屋に重くのしかかる雰囲気を感じ取っているのです。

しかし、私たちはすでに寝室に到着しました。ここで私は待つことになります

――」

寝室は広かった。しかし、寝室に通じるドアは低くて狭く、窓は小さかった。外ではずれかかっている壊れた鎧戸が、目に見えぬ気流を受けてきいきい鳴っていた。

古い椅子が二脚、書き物机、シーダー製の箱（毛皮や毛織物をしまう箱）、すり切れた敷物――そして四柱式ベッドがあった。埃で灰色になったベッドカヴァーがマットレスにかぶさっていた。ニック・ディーンはそれを見て顔をしかめたが、口ごもることはなかった。

ダニー・ローマックスがベッドカヴァーを取り上げて振った。埃が舞い、彼は咳き

込んでベッドカヴァーを元に戻した。彼は椅子をベッド脇にずらし、ニック・ディーンは放送を途切れさすことなく、背負った送信機をはずして、椅子の上に置いた。彼がベッドに横になると、ラリー・ミラーはポケットから手錠を取り出して、くるぶしと左の支柱とを繫いだ。ダニー・ローマックスはマイクを調節して、ニック・ディーンが手に持たずとも話せるようにすると、ディーンは手を振って準備完了の合図をした。

「友人たちは館を出る用意をしています」彼はリスナーに向かって語りかけた。彼の言葉は部屋から待機している移動式ユニットへと渡され、そこから二十マイル離れたハートフォードに、さらにそこからニューヨークへ、そして世界へ、リスナーのいるあらゆる場所に伝わるのだった。「まもなく、私は一人きりになります。懐中電灯はありますが、電池を長持ちさせるためにこれから切るつもりです。

私から提案をよろしいでしょうか？　聞いているみなさんも明かりを消してはいかがでしょうか？　私たちはキャリデイ家の呪いとして知られるものが——それがどんなものなのかは次の一時間が終わる前にみなさんにお伝えできることを願っていますが——近づくのを暗闇の中で一緒に待つことができます。

それが何なのか、どんな外見なのか、私は知りません。語ることのできる人間——

不動産管理人――は、キャリデイ家の最後の生き残りがジャワで亡くなって何年も経ちますが、託された信頼に忠実で、語ろうとはしません。それでも、好ましい兆しがあるのならば、私たち――みなさんと私――には、今夜わかるかもしれません」

さすがだ、ダニー・ローマックスは思った。聞き手を彼自身と一体化する彼の巧妙なやり口で、聞き手は自分も現場にいるような気分になる。彼が成功してきた大きな秘訣だ。

「さて」ニック・ディーンは話していた。「私は仲間とお別れをしなければなりません――」

そこでダニーと二人の記者は立ち去った。ニック・ディーンが脚を蹴り上げると、手錠の鎖が音を立て、ラリー・ミラー記者が跳び上がった。ニックは彼らの後ろ姿に向かって茶化すように手を振って見せた。

彼らはぐずぐずすることなく階段を下り、二人とも館から外に出るまで口を利かなかった。やがて、ブレイク記者が大きく息を吸った。

「あいつはペテン師だ」その声には渋々ながら称賛の気持ちが含まれていた。「彼が今夜何かを見たとしても、純然たる想像力の産物だってことは、君も私と同じくわかっているだろう。だが、それでも、あんな場所で家具と手錠で繋がれて一時間過ごすなんてことは、一か月分の給料をもらっても私だったら御免こうむるね」

ためらうことなく、彼らは待機しているユニットと、その周りに集まっているスタッフの小さな集団——専門技術者、記者、広告代理店の人間たち——の方に向かった。

彼らが足を速めていると、館の中の明かりが消え、そしてまた他の場所——ボストン、スーフォールズ、カラマズー、サンタ・バーバラ、その他千もの町——で、遠く離れたリスナーたちが暗闇の中、彼の放送を聞くというニック・ディーンの芝居がかった提案に従って明かりが消えた。そして、二百万世帯の家族が彼の一言一句に注意を払い、彼が言ったことをまるごと受け入れ、すっかり信じ込んで、彼とともに腰を据えて待った。

三人の男たちが移動式通信ユニットに戻った時、光の半円形の輪が闇を焼いて、拡声器がニック・ディーンの言葉を繰り返している裏で、半ダースほどの小さなグループの人たちが集まっていた。

ディーンは依然として雰囲気を築き上げる仕事を続けていた。彼のよく響く声は館を、影を、埃を、館の玄関でうずくまって見える暗闇を描き上げていた。

「お聞きください」ニック・ディーンが話していた。ダニー・ローマックスには、大柄な日焼けした男が冷笑を浮かべながらしゃべっているのが目に浮かんだ。「私とともに、この古く、幽霊に支配された住居に聞こえる夜の小さな音に耳を傾けましょう。どこかで床板が軋んでいます——たぶん、たいした理由はないのでしょう。私にはわかりません。しかし、私にははっきり聞こえるのは——」

耳を澄ましていると、彼らにも聞こえた。真夜中の静寂(しじま)に、不気味で寒気(さむけ)を催すような、床板か階段の軋む音だった。ニック・ディーンはポケットに二つの木片を持っていて、そういう効果を出すためにすり合わせるのだが、そのことを知っているのはダニー・ローマックスだけだった。知ってはいても、彼はその音が好きではなかった。

「軋む音が聞こえます——」ニック・ディーンの声は低く、すでに緊張感に満ちていた——「軋む音が聞こえます、そして他の音も。単調なティックーティックーティックという音が、聞いているうちにどんどん大きくなり、この部屋の壁に巣くう死番虫の立てるぞっとする音が——」

ニック・ディーンの声が消え入るとともに、彼らにもその音が聞こえた。それを聞いて、彼らも大きな四柱式寝台に繋がれている男と同じ部屋にいるように思い、自分たちの呼吸が荒くなった。

そしてアトランタで、ロチェスターで、シンシナティで、メンフィス、モビール、レノ、シャイアンで、その他千の都市や町で、ニック・ディーンのリスナーたちも、押し殺した沈黙の中で聞いていた。彼らはぐっと息を呑み、少し不安そうに周囲を見回し、笑みを浮かべた——明らかに無理して浮かべた笑みだった。そして、彼らは信じた。

ダニー・ローマックスも信じていたことだろう。ニック・ディーンが〝死番虫〟の音を立てる小さな金属製の仕掛けを知らなかったら。知っていてさえも、それが強い印象を与えるパフォーマンスであることを認めざるを得なかった。ニック・ディーンが一千万人に〝キャリデイ家の呪い〟を信じさせることができると得意げに話した時、彼は誇張していた——しかし、人々が信じることに関してではない。彼のリスナーはたぶん五百万人もいない。しかし、今頃はその五百万人の大半は、彼が次に話すことなら何でも完全に信じる気になっていた。

ダニーは文字盤に明かりが当たるように手首を曲げて腕時計に目をやった。三十五分経過した。残りは二十五分だ。ディーンがピッチを上げ始める頃だ。彼は背景を築き上げ、リスナーを乗せた。さあ、これから彼は期待に応えなければならない。

彼は応えた。一瞬後、ニック・ディーンの声が急に止まった。突然の沈黙は彼がこれまで話したどんな言葉よりも多くのサスペンスを生んだ。静寂は十秒、二十秒、三十秒続いた。その時、彼は半ばささやくような告知で沈黙を破った。

「外で何かが動いているような音が聞こえます――」

通信ユニットの周辺はまったくの静寂で、聞こえるのは丘と森を越えてハートフォードに電波を送っている発電機のうなるような音だけだった。

「それが何であれ――」ニック・ディーンの声は依然低く、何か他のことに注意を集中しながらささやいている男の声だった――「それが何であれ、近づいています。どうやら館のちょうど南側の小さな沼からゆっくりと移動しているようです」

上の空で、ダグニー・ローマックスはタバコに手を伸ばした。ニックは彼らが概略を書いたおよその台本に則っていた。ほとんど最後の段階で、彼らは霊的な出現、純然たる単純な幽霊を出さないことにしていた。

その代わり、正解にたどり着くいつもの直感で、ニック・ディーンはあれに変えたのだった。名前のない、形のない、分類できない何か。夜と沼地と未知なるものから飛び出す何か。生きているかもしれないが生きていないかもしれない何かが現れることに。しかし、ニック・ディーンがそれを描写すると、それはとても、とても現実味を帯びて――。

「それが何であれ、近づいています」ニック・ディーンは実況中継した。「何か重い物が枯れ藪を通って、でこぼこ道を移動しているような、引きずるような鈍い音が聞こえます。ありふれた動物かもしれません。もしかしたら迷い牛か、馬、あるいは近隣の農場のどこかの檻から逃げた野生の豚か――」

五百万人のリスナーたちが一瞬、息を詰めた。もちろん、単なる迷い馬か牛だ。何か温かく、馴染みのある、無害なものだ。そして――

「地下室の窓を覆っている板を剝がしています！」ニック・ディーンが声を上げた。「館に入ろうとしているようです！」

ダニー・ローマックスはマッチの火が指に達するまでタバコを持ったまま火をつけるのも忘れた。懐疑主義に凝り固まっていたにもかかわらず、移動式ユニット後ろの周りに集まっている記者や専門技術者たちの顔は緊張していた。彼らはこれがペテンであることを知っていたか、察していた。それでも、ディーンが彼らの神経に一瞬リラックスする時間を与えた後の、突然のショックに全員が持っていかれた。ちょうど目の前にはいない聴衆全体もそうであったように。

ダニー・ローマックスは舞台裏でラジオ番組を何年も聴いてきて、独自の第六感を養っていた。彼は番組がどの程度の好評を博するか――大当たりを取るか、完全に失敗するか――かなり予想することができた。彼は聴衆の反応を感じ、その反応がどんなものなのか感じ取れた。

今、何かが彼を引っ張っていた——張りつめて、緊迫して、不安な何かが。ニコラス・ディーンと一緒に体験して、数百万人、あるいはもっと多くの人間が聴いて、信じて、生きているのだ。薄ら寒い夜に放送機材の脇でうずくまって、ダニー・ローマックスは彼らが信じているという波動が通過するのを感じた。触れることはできないが、実にリアルだった。

ニック・ディーンの声が速まっていた。彼は今、板が割れて、釘が抜かれる音のことを伝えていた。重くて、どろどろした塊が、小さな窓をこじ開けて通ろうとしていると話していた。彼はリスナーたちに、柔らかくてどろどろした音を立てながら、何か大きくてぶよぶよした物が館の地下室の暗闇を通る音を聴かせた。それは階段を見つけて、ゆっくり、ゆっくり、ゆっくり、ゆっくり上り——。

「今や、そいつは玄関ホールにいます」大柄な男の言葉は短く、シャープで、ピリピリしていた。「ドアに向かっています。重みで床板が軋む音が聞こえます。私がここにいるのを感じ取っているのです。私を捜しているのです。白状すると、怖くなってきました。正気の人間ならそのはずです。しかし、私を傷つけることはできないと確信しています。霊的な顕現であれば、たとえその外見が恐ろしいものであっても、無害です。だから私は動揺しないようにしているのです。動揺した場合に限って、危険にさらされることはあり得ます。

それが何であれ、今や戸口のすぐ外にいます。部屋は闇に包まれています。月は沈みました。しかし、私には懐中電灯があって、戸口に来たそいつを照らし出してやるつもりです。

沼地や湿った場所特有の、カビ臭い、じめじめした臭いがします、とても強烈です。圧倒的と言ってもいいでしょう。ですが、もう懐中電灯のスイッチを入れましょう――」

ニック・ディーンの声が止まった。ダニー・ローマックスの腕時計の音が目覚まし時計のように大きく聞こえた。数秒間が経過した。十秒。二十。三十。四十。誰かが動いて居場所を変えた。誰かの息づかいが呼吸困難に陥りながら眠っている者のように耳障りに聞こえた。

すると――「動いています！」ニック・ディーンの声はささやくようだった。「私を見て、入ってきたのでしょう。あれが何を望んでいるのか感じ取ることができます。あれの望みは――この私なのです。しかし、私には聖書と手に握りしめた十字架があり、明かりがあれの――顔と呼んだらいいのでしょうか――顔にもろに当たっています。私は目を逸らしませんでした。今もあれはいます。もはやあれを見ることができません。懐中電灯の明かりが戸口の黒い何もない枠に当たっています。あれは階段に向かい、ずるずると玄関ホールへと退却しています。私がここにいるのを感じ取って、元いた沼地に帰っていくのです。

私には何とも描写することができません。あれが何だったのかわかりません。人間と同じくらいの身長がありますが、両脚は何もなくただの灰色の切り株のようでした。胴体は長くてふくれていて、まるで歪んだカブのようで、肉体は灰色っぽくでこぼこしていました。まるで粘液が付いているかのように少し光っていました。懐中電灯の明かりで水滴が見えました。

あれには頭があり、その他の部分と同じく毛のない大きな丸い頭部でした。そして、顔は――私が見たものをみなさんにお見せすることはできません。じっと見ていて、私には牡蠣しか思いつきませんでした。目に違いない二つの黒い斑点のある、巨大で、湿った灰青色の牡蠣。

腕がありました。少なくとも胴体の両側に物質の塊が二本あって、それが少し私に向かって伸びてきました。その先端には手指はありません。ただの紐のような――腐敗物でした。

私が見たのは以上ですべてです。それから、あれは戻っていったのです。今では去ってしまいました。ずるずる引きずってぶつかるような音を立てながら、最後の階段に達しました。地下室の階段に向かっています。床板を軋ませ、自分がこじ開けた地下室の窓に戻り、元いた沼地の深みへと戻っていくのでしょう。とはいえ、この部屋にはあれがいた気配が依然残っていて、私がひるんだら、それを感じ取ってあれが戻ってくることはわかっています。ですが、そんなことはさせません。私がさせません。あれは元いた底なし沼に戻らなければならないのです——」

ダニー・ローマックスは舌で乾いた唇を触れた。まさにこれだ。これこそが最高潮だ。ここでニック・ディーンは難所を乗り越えたか、そうでなければ大失敗だ。いずれにせよ、彼にはそれを感じ取ることができるのをダニーは知っていた。

実際、彼は成し遂げた。失敗ではない。成功だ！　彼の周囲に渦巻く目に見えぬ流れは確信だった。数百万人のリスナーが存在しないもの、ニック・ディーンが作り上げてそこに置いたものを心の中で目にしたという確信。

明日になったら彼らは笑うかもしれない。放送を聴いたという事実さえも、つまらないことと考えて嗤（わら）うかもしれない。しかし、今は、少なくともこの瞬間は、彼らは信じている。完全に。

ダニーは大きく息を漏らすと、腕時計を見た。ほとんど真夜中だ。ニック・ディーンが再び話していた。

「今やあれはいません。元いた沼地を求めて、再び外に出ました。お伝えしたのはニコラス・ディーンでした。これで放送を終了します。かなり神経に堪えました。みなさん、お聴きいただきありがとうございました。失望させることなく、今夜起きたことが聴くに値する放送であったならば、私としては満足です。おやすみなさい、みなさん。ニコラス・ディーンからみなさんにおやすみのご挨拶を」

ダニー・ローマックスはチーフ・エンジニアがスイッチを落とし、彼に向かってうなずくのを見た。彼は装置の補助マイクにかがみ込むと、ヘッドフォンを引っかけた。

「いいぞ、ニック」彼は言った。「放送は終わった。これから鍵をはずしにそちらに向かう」

「オーケー」ニック・ディーンからいささか神経をすり減らしたような声が戻った。

「急いでくれないか？ ここ数分間、確かに外から物音が聞こえているんだ。たぶん、うまく行き過ぎたからかな？ 自分でも信じていた。どうだった？」

「見事だった」ダニーが言った。「リスナーは食らいついていた。この瞬間にも五百万人が居間で筋肉の凝りを取って、君の言葉など信じていなかったふりをしようとしているよ」

「だから言っただろう」ディーンの声はすぐに悦に入ったようになった。それから再び苛立たしさを感じさせた。「なあ、急いでくれないか？　本当に館の外で何かが動き回っているんだ――。リスナーたちは食らいついたって言ったな？」

「掛け値なしにな」ダニー・ローマックスは答えた。「私はそれを感じ取れたよ。リスナーたちはあなたが描き出した牡蠣の顔をしたあれが、地下室の窓を通り抜けてゆっくりと進み、ずるずる音を立てながら階段を上り、戸口に立っているのを、今でも思い浮かべて――」

「やめろ！」いきなりディーンが命じた。「そして、さっさとここに来てくれ。記者たちが見つけられるように板をゆるめておいた地下室の窓から何かが侵入しているんだ！」

ローマックスが振り返った。

「ああ、ジョー」彼は運転手に声をかけた。「通信ユニットを館の前まで移動してくれないか？　歩くのを短縮しよう……。何か言ったか、ニック？　聞き逃した」

「地下室の窓から何かが侵入していると言ったんだ！」ニック・ディーンの声は金切り声に近かった。「地下室であちこちぶつかっている。階段に向かっているところだ！」

「落ち着け、ニック、落ち着くんだ」ダニー・ローマックスが注意を促した。「もう神経を張りつめなくていいんだ。あなたも私も単なるでっち上げであることは知っている。そんなに――」

「何てことだ！」ディーンの息はあえいでいた。「何かが階段を上ってくる！　さっさと来て、私をこの館から出してくれ！」

ダニーは眉をひそめて、顔を上げた。

「ジョー、さっさと車を出してくれないか？」彼がぴしゃりと言うと、運転手は困惑して驚きの表情を浮かべて周りを見た。

「直ちに」そうぼやくと、通信ユニットを積んだ車は発進した。「こんなスピードでいいですか？」

ダニー・ローマックスは答えなかった。

「ニック、だいじょうぶか？」彼がマイクに向かって尋ねると、ほとんど判別できなくなったディーンの声が返ってきた。

「ダニー、ダニー」ごろごろいうような声だった。「どしんどしんというような音を立てながら、何かが階段を上っている。沼気（しょうき）とアンモニアの臭いがする。何かが滑っているような音もする。沼地から来た何かが館に侵入して、私を追い求めているんだ！」

通信ユニットは使われていなかった長い道をがたがたと下っていた。記者たちは動揺していた。彼らは自分たちの知らない何かまずいことが起きていることを感じ取って、ダニーの顔を見つめていた。ダニーはイヤフォンを耳にしっかりと当てて、マイクにうずくまるような姿勢だった。

「落ち着け、落ち着くんだ」彼はニックをなだめた。「すべて書いたことだ。紙に書いてある。あなたが言ったことだ。五百万人がそれを信じたが、あなたと私は信じる必要はない、ニック。われわれは――」

「私の言うことを聞いてくれ！」ニックは叫んでいた。「玄関ホールに何かがいる。ずるずる引きずるような音と、どしんどしんいう音を立てている。床板は軋んでいる。ダニー、私がここで鎖に繋がれていることは知っているだろう。そいつは私を欲して近づいているんだ。ほら！　ほら！」ニック・ディーンの声はヒステリックになっていた。「そいつは戸口まで達した。そいつは――」

突然、ブレーキがかかって砂利の音がして、声がかき消された。車輪は推進力を求めたが失った。ぬかるんだ場所で放送車が片側に横滑りした。長く手入れのされていなかった道にはタイヤがグリップできるところがなかった。後輪は道路脇の溝に向かって滑った。車体は激しく揺れて横転し、車軸が土手にめり込んだ。新聞記者たちは投げ出された。ダニー・ローマックスはマイクから引き離され、イヤフォンは耳から引き剝がされた。

彼は這ってマイクに戻った。イヤフォンは壊れていた。彼はスピーカーに接続されたスイッチを入れた。

「ニック！」彼は叫んだ。「ニック！」

「――今、戸口に入ってきた！」スピーカーから恐怖に駆られた泣き声が聞こえた。「中に入ってくる！　牡蠣の顔だ――大きくて、表情のない、水のしたたる牡蠣の顔――。ダニー、ダニー、放送を再開してくれ、リスナーにすべて単なる作り話だったと、本当ではないんだと、話を信じないようにと伝えるんだ。信じないように。ダニー、聞こえるか、彼らに信じないように伝えてくれ！

入ってくる！　私を欲しているんだ！　臭う、すっかり湿って、水の滴っている顔――あれの顔なんだ！　ダニー、リスナーたちに信じないように言ってくれ！　彼らが信じているからなんだ。本当は存在していない。私が考えついたものなんだ。しかし、みんなが私の言葉を信じた。みんなが信じたと、君は言ったよな！　五百万人が、全員が同時に信じたんだ！　君が感じ取れるほどに強く信じたんだ！　リスナーたちが作り上げたんだよ、ダニー、彼らがあれに生命を吹き込んだんだ！　あれは私が言ったことをやっているだけで、外見もまさに私が――まさに私が――ダニー！　助けてくれ！　**助けてくれ！**」

スピーカーが絶叫を上げ、過重な負荷に音が割れ、それから沈黙した。突然の静けさの中、夜の闇にこだまが反響した。いや、こだまではないが、彼らが聞いていたのは悲鳴そのものだった。弱いが恐ろしい悲鳴が彼らに届き、ダニー・ローマックスはしばらく身動きできなかった。

それから、彼は突然行動を移し、暗闇の中に走り出すと、他の者たちも続いた。ぞっとするような決定的最後通告のように、ニック・ディーンの声がやんでいた。ダニーには前方にキャリデイ館が暗く、押し黙って、墓石のように立っているのが見えた。三百ヤード離れていて、道のカーヴが館をしばし隠した。

三百ヤードを進むのに一分近くかかった。やがて、ディーンは息を切らしながら、館に向かう古い車道に入ったが、頭の中ではニック・ディーンの言葉がいまだに叫んでいた。

「リスナーたちが作り上げたんだ、ダニー！　彼らがあれに命を吹き込んだんだ！　五百万人全員が同時に信じて――」

そんな――そんなことが――ダニーの理性はその疑問を自ら尋ねることも、疑問に答えることもできなかった。しかし、強く信じる流れを感じていた。百万世帯以上の家庭で、五百万人が腰かけて放送を聴き、信じたのだ。彼らが集中的なパワーで信じ、力の何らかの火花を刺激して生命を生み出し、信じた物の形をこね上げて一つの生命体に――。

背後で重々しい足音が響いた。誰かが懐中電灯を持っていた。その光線が館を照らし、一瞬、彼方の闇と片側を照らし出した。

そして、ダニー・ローマックスは何か動く物を見た。

ぼんやりした、灰白色の動く微光、館の南にある四エイカーの沼地に向かって濃い藪を通って速やかに動く、形状の一部しか見えない生命体は、一瞬微かに輝いて、まるで粘液と湿気に覆われているかのようだった。

仮に何かが動く音がしたとしても、ダニー・ローマックスには聞こえなかった。背後を走っている男たちの足音と荒い息づかいでかき消されたからだ。しかし、彼が耳をそばだてると、押し殺され、唐突に打ち切られた、一つの悲鳴が聞こえたように思った。それはまるで、湿って柔らかくどろどろしたもので口をほとんど覆われた状態で叫び声を上げたかのようだった――。

ダニー・ローマックスは足を止めて、じっと立ちつくした。一緒に来た新聞記者と専門技術者たちはローマックスを追い越していった。体全体が冷たくなっていたので、彼らの声は聞こえず、彼らがいることにもほとんど気づかなかった。何かが彼の内部を巨大な手で握りしめていて、たちまち彼は自分が死にそうなほど気分が悪くなっていくのを感じた。

彼はすでに二階の寝室が無人になっていることを知っていた。捜索者たちが発見するのはベッドの脚部板から吊り下がっている手錠の半分だけで、鎖は二つにねじ切られ、埃にはいくつかの痕跡が見られ、ニック・ディーンがどこに行ったのかを物語る粘液が数滴残っているだろうことを。

他には玄関ホールに漂う、を突く刺激性の臭いだけだろう――。

頑固なオーティス伯父さん
Obstinate Uncle Otis

私の伯父のオーティスはヴァーモント州随一の頑固者だ（と話すのはマーチスン・モークスである）。ヴァーモント州の人間がどんなものか知っているならば、要するに伯父は世界一の頑固者だということになる。オーティス伯父があまりにも頑固なので、水素爆弾よりも危険だと言ったって、厳然たる真実を述べたに過ぎない。君たちにはなかなか信じられないことだろうな。当然だ。だから私はどうしてオーティス伯父が危険人物なのかについて話すことにする――全人類にとってばかりか、太陽系にとっても危険だということを。そう、宇宙全体にとっても危険かもしれない。姓は私と同じモークス――つまり、彼の名前はオーティス・モークスだ。ヴァーモント州に住んでいて、しばらく会っていなかった。すると、或る朝、伯父の妹であるイーディス叔母から緊急の電報を受け取った。電報の内容は「オーティス雷に打たれる／深刻な事態／すぐ来い」だった。

私は一番早い列車で出かけた。オーティス伯父のことが心配だったばかりでなく、短いありきたりな電文に切迫した調子が読み取れて、急がざるを得なかったのだ。

その日の午後遅くに、私はヴァーモント州のヒルポート駅に降り立った。一台いたタクシーは古いセダンで、その地区のジャド・パーキンズという男が運転していた。ジャドは警官も兼ねていて、おんぼろ車に乗る時、彼が腰にリヴォルヴァーを帯びていることに気づいた。

また、広場の向こうでひとかたまりの住民が立ちつくして何かに目を奪われていた。そこで、彼らが見つめているのが、かつてはオーグルビーという地元の政治家の大きなブロンズ像が載っていた、花崗岩（かこう）の台座であることに気づいた。オーグルビーは、オーティス伯父がいつも最大級に侮蔑していた人物だった。

オーティス伯父はオーグルビーの立像を建てようとする人間がいることなどかたくなに信じようとせず、実際にその立像が地区の広場に建っていることをいつも受けいれようとしなかった。現実に確かにあったはずだが、それが今ではなくなっていた。

おんぼろ自動車ががたがたと発進した。私は身を乗り出して、ジャド・パーキンズに立像はどこに行ったのか尋ねた。彼は振り向いて横目で私を見た。

「盗まれたんで」と教えてくれた。「昨日の午後五時頃でした。公衆の面前で。ええ、瞬きをする間に。あたしらはみんなシンプキンズの店にいました——あたしとシンプキンズ、あなたの伯父さんオーティス・モークスとイーディス叔母さん、他にも何人か。誰かがオーグルビー像を撤去すべきだと言ったんです——ここ数年、鳩のふんだらけになっていましたから。すると、あなたのオーティス伯父さんが顎を突き出して言ったんです。

『何の像だって？』彼は何の話か知ろうとして眉毛を寄せて言いました。『この町にはオーグルビーのような、たらこ唇の阿呆の像なんて代物はないぞ！』

あたしは何を言っても無駄だとわかっていました。たとえ像にぶつかって脚の骨を折ったとしても、あの人は像の存在を認めるような人じゃありません。自分の気に入らない物の存在を信じないという点で、オーティス・モークスみたいな頑固者には会ったことがありません。とはいえ、あたしは指し示してやろうと思って、体の向きを変えました。すると、像は消え失せていたんです。たった今までそこにあったのに。それがなくなっていたんです。再び目を向けるまでの間に盗まれたんで」

ジャド・パーキンズは窓からつばを吐いて、訳知り顔で私を見た。

「誰がやったのか知りたければ」と彼は言った。「例の第五列（戦時中に自国内で活動して敵国を助けた）ですよ、犯人は」——付け加えておくと、これは第二次世界大戦中の話だ——「オーグルビー像が盗まれたのはブロンズ製だったからです、わかるでしょう？ あっちでは銅やブロンズが弾丸を製造するのに必要なんです。だから、連中が盗んで、潜水艦で輸送するんです。でも、また現れた時のためにしっかり見張っていますよ。あたしには拳銃があるし、目を離しませんからね」

　われわれはガタピシと音を立てる車でオーティス伯父の農場に向かい、ジャド・パーキンズは地元で起きた事件を話し続けて、私の知識を更新してくれた。彼はオーティス伯父が雷に打たれた経緯を話してくれた——そうではないかと疑っていた通り、頑固さの報いだった。

「おとついのことです」タバコで茶色くなったつばを吐きながら、ジャドは語った。「あんたのオーティス伯父さんが畑に出ていた時に雷雨が発生したんです。伯父さんは樫の巨木の下に身を寄せました。あの人には何度も口を酸っぱくして雷は木に落ちやすいと言ってやったんですが、強情で聞く耳など持ちません。

　道路の向こうにあったウィロビーの納屋や、又従兄（またいとこ）のセスが告訴して彼から取り上げたせいで、今ではそんな丘があったことなど認めようとしないマーブル・ヒルのように、もしかしたら、稲妻なんかないものと見なせると思ったのかもしれません。あるいはまた、州が貯水池を作るために建設し、彼がいつも使っていた牧草地が水没させられる原因となった新しいダムのように、今ではそこにダムがあることを口にしたら、オーティス伯父さんはいかれた人間を相手にするように振る舞うんです。

　さて、伯父さんは稲妻など無視できると思ったかもしれませんが、稲妻はたやすく無視できる代物じゃありませんでした。雷は樫の巨木に落ちて木を真っ二つに引き裂き、オーティスを二十フィート先まで吹っ飛ばしたんです。彼が一命を取り留めたのは、察するに、あの人がいつも素晴らしい健康に恵まれていたからとしか考えられません。二十年前に落馬して記憶喪失になり、自分のことをオハイオ州クリーヴランド出身のユースタス・リンガムという名前の農業機械のセールスマンと思い込んでいた週を除けば、あの人はこれまでの生涯で一日たりとも病気にかかったことがないんです。

　あなたのイーディス叔母さんはこれを目撃していて、外に出て彼を家に引っ張り込みました。叔母さんは彼をベッドに寝かせると、パーキンズ先生を呼びました。先生は単なるショックで、すぐに回復するが、二、三日はベッドに寝かせておくようにと言いました。

　案の定、オーティス伯父さんは夕食時に意識を取り戻しましたが、ベッドになど収まっていません。気分は上々だと言って、昨日シンプキンの店で会った時には、確かに、あんな絶好調の伯父さんを見たのは初めてでした。十歳は若返った様子です。バネ仕掛けのように軽々と歩き、体中の毛穴から放電しているような感じです」

私は、歳を取ってオーティス伯父の頑固さも少しは和らいだのではないかと尋ねた。

ジャドは盛大につばを吐いた。

「いよいよ悪化しています」にべもない返事だった。「ヴァーモント州随一の頑固者ですよ、あんたのオーティス伯父さんは。まったくもう、あの人がそんなものはないと言ったら、たとえ目の前にそれがあっても、あまりにも自信たっぷりに断言するものだから、つい信じてしまうほどです。

ほんの一週間前のことでしたが、あたしがウィロビーの古い納屋を真正面に見ながら、正面玄関の階段に腰を下ろしていたところ、あんたのオーティス伯父さんはまるで納屋なんかないかのような目で見ているんです。

『さぞや素晴らしい眺めでしょうね』とあたしは言いました。『あの納屋さえあそこになかったら』すると、あんたのオーティス伯父さんは気がおかしいんじゃないかとでも言いたそうな顔をしてあたしを見たんです。

『納屋だと？　どの納屋だ？　この辺には納屋などないし、あったためしもない。ヴァーモント一の眺めだ。二十マイルが見渡せる』と言うんです」

ジャド・パーキンズはくすくす笑って、危ないところで黄色い犬と自転車に乗った男の子をひきそうになった。

「存在しないものを信じることができる強力な信念の持ち主がいますが」と彼は言った。「あんたのオーティス伯父さんはとても頑固で、存在するものの存在を否定できる、あたしの知っている唯一人の人間です」

ジャド・パーキンズが私をオーティス伯父の家の門の前で下ろした時、私は考え込んでいた。オーティス伯父の姿は目に入らなかったが、私が家の裏手に回り込むと、イーディス叔母がスカートにエプロン姿で、髪と手をはためかせながら、台所から出て来た。

「まあ、マーチスン！」叔母は歓声を上げた。「来てくれて嬉しいわ。あたしにはどうしたらいいかわからないの、ただもうお手上げよ。オーティスにとっても大変なことが起こって――」

その時、オーティス伯父その人が、門のそばにあるブリキの郵便受けから夕刊を取り出そうと小道を歩いてきた。小柄で貧弱な体の背筋をまっすぐ伸ばし、頑固そうに顎を突き出し、白いゲジゲジ眉を逆立てている様子は、私には少しも変わっていないように見えた。しかし、私がそう言うと、イーディス叔母は両手を組んで絞るようにした。

「わかるわ」叔母はため息をついた。「本当のことを知らなければ、稲妻に打たれて実際にはあの人のためになったと思うでしょうね。あっ、あの人が来るわ。ここではもう何も話せません。夕食の後でね！　あの人に気取られてはいけないから――。ああ、あたしたちが止める前に、何も恐ろしいことが起きなければいいんだけど」

するとオーティス伯父が夕刊を手にして近づいてきたので、叔母は逃げるように台所に戻った。

オーティス伯父は確かに変わったようには見えなかった、少なくとも悪い方には。ジャド・パーキンズが述べたように、伯父は若返ったように見える。伯父が熱烈に私と握手すると、私の腕は電気ショックを受けたかのようにじんじんした。目は輝きを帯びていた。全身が神秘的なエネルギーを得て活気を帯びて弾むようだった。

私は伯父と正面のポーチに向かい、眺めを台無しにしている、道路の向こうの古いおんぼろ納屋に向かって立った。イーディス叔母が何を言おうとしていたのか知ろうとして、オーティス伯父の顔色を窺いながら、話題ができたと思って、二日前の嵐が納屋を吹き飛ばして始末してくれなかったのは残念だと言った。

「納屋だと？」オーティス伯父は私に向かって顔をしかめた。「どの納屋だ？　納屋などどこにもないぞ、おい！　眺めを妨げる物は何一つない――ヴァーモント随一の眺めだ。納屋が見えると言うなら、至急医者に診てもらった方がいいぞ」

ジャドが言った通り、伯父があまりにも自信のある口調で言ったので、私は思わずもう一度建物を見ようとして顔を向けた。私はしばし目を丸くしていたと思う。それからたぶん目をぱちくりさせたことだろう。

なぜならば、オーティス伯父の言ったことは本当だったからだ。

納屋などなかった――今では。

夕食の間ずっと、信じがたい真相に関する疑惑が私の中でふくらんでいた。夕食後、オーティス伯父が居間で夕刊を読んでいる間、私はイーディス叔母の後について台所に入った。

私が納屋の話をすると、叔母はため息をつくばかりで、苦悩を浮かべた表情で私を見た。

「そうなの」叔母は小声で言った。「オーティスの仕業よ。昨日、シンプキンズの店にいた時、立像が――消えたのを見て――わかったわ。オーティスが言った時、あたしは立像を見ていたの――すると、立像が消えたの。まさしくあたしの目の前で。そこであなたに電報を打ったわけ」

「つまり」私は尋ねた。「オーティス伯父が落雷に打たれて以来、伯父さんの頑固さはさらに新たな局面を迎えたわけですね？　以前は、伯父さんは自分の気に入らない物は存在しないと考えるだけで、それ以上ではなかった。ところが今や、伯父さんがそう考えるだけで、異常に頑固な意志の力が何かしら奇妙に増幅して、それが存在しなくなるのですね？　伯父さんがただ存在を否定するだけで、その物の存在が抹消されるわけですね？」

イーディス叔母はうなずいた。「ただ消えちゃうのよ！」叔母は声を上げた。「あの人がそんな物はないと言うと、なくなるの」

その考えは私を不安にした。私の頭には幾つもの不愉快な可能性が浮かんだ。オーティス伯父が否定する物――そして人――の一覧表は長くて多様だった。

「限界はどこだと思います？」私は尋ねた。「立像、納屋――どこが限界でしょう？」

「あたしにはわからないわ」叔母は言った。「もしかしたら限界などないのかも。オーティスったら、恐ろしいほど頑固な人だから――仮に、あの人が何かでダムのことを思い浮かべたら？　仮にダムなどないと言ったら？　水を湛えた、高さ百フィートのダムが消え失せたら――」

叔母は最後まで言い終えなかった。オーティス伯父が突然、ヒルポート・ダムの存在を信じなくなったら、貯まった水が解放されて、村を押し流し、五百人の住民が命を失いかねない。

「それに、もちろん、あの人が実在を信じないような奇妙な名前の国が遠くにたくさんあるわ」イーディス叔母はささやくように言った。「ザンジバルとかマルティニックみたいに」

「それに、グアテマラにポリネシア」私は眉根を寄せながらうなずいた。「もしも何かのきっかけでそのうちの一つでも話に出て、そんな国は存在しないと思い込んで、そう発言したら、何が起きるかわかったものじゃない。いきなり一つの国が消え去ったら――少なくとも、大津波や地震が起きるかもしれない」

「でも、あの人を止めるために、あたしたちにできることがあるかしら?」イーディス叔母は必死で知りたがった。「あたしたちにはそんなことをしてはだめだと言うわけにもいかないし――」

オーティス伯父が夕刊を持って、鼻を鳴らして台所に入って来たので、叔母は黙った。

「聞いてくれ!」そう言うと、伯父は短い記事を読み始めた。その要点はと言うと、伯父を訴えてマーブル・ヒルを取り上げた又従兄のセス・ヤングマンが、マーブル・

ヒルを採石場にするニューヨークの企業に売る計画だという。そこで、オーティス伯父は憤慨して新聞を台所のテーブルに投げ出した。

「いったい、連中は何を言っているんだ?」伯父は眉毛を逆立ててがなり立てた。「マーブル・ヒルだと? そんな名前の丘はこの近辺にはないし、あったためしもない。それに、セス・ヤングマンは今まで丘を所有したこともない。いったいどこの愚か者がこの新聞を出したんだか、わしは知りたいものだ」

伯父は私たちをにらみつけた。すると、静寂の中、遠くから微かな、岩の転がるようなごろごろいう音が聞こえてきた。イーディス叔母と私は同時に振り返った。まだ明るく、台所の窓からは北西の方角を見ることができた。そこには地平線の上にマーブル・ヒルがひしゃげた山高帽のような姿を見せている——いや、かつてはそうだった。

古代の預言者は山をも動かす強大な信念を持っていたかもしれない。しかし、オーティス伯父はそれよりも遥かに驚くべき何かを持っていた。それはどうやら——山を動かすことなどできないという思い込みが欠けていたのだ。

オーティス伯父当人は何も異常なことに気づいておらず、再び新聞を手に取って不平を言った。

「この頃はおかしな連中ばっかりだ」とのたまう。「ここにはローズヴェルト大統領に関する記事がある。テディー・ローズヴェルト（シオドア・ローズヴェルト大統領）じゃなくて、フランクリンという名前になっている。一人の人間の名前さえまともに書けないんだ。誰だって知っていることだが、そんな名前の大統領などおらんのだ、フランクリン・ロー――」

「オーティス伯父さん！」私は大声で言った。「ほら、ネズミがいる！」

オーティス伯父は口を閉じて振り返った。実際のところ、ネズミがコンロの下に隠れていて、オーティス伯父がフランクリン・D・ローズヴェルトの存在など信じないと言う前に、私が伯父の気を逸らすために思いついた唯一のことだった。間一髪で間に合った。私は眉を指先で軽く叩いた。オーティス伯父は顔をしかめていた。

「どこだ？」伯父が尋ねた。「ネズミなど、わしには見えんぞ」

「そこ――」と言って。私は指さそうとした。そこで私は思い留まった。もちろん、伯父がネズミなど見えんと口走った瞬間に、ネズミは消え失せたのだ。私は自分の見間違えだと言った。オーティス伯父は鼻を鳴らして、居間へと戻っていった。イーディス叔母と私はお互いに顔を見合わせた。

「もしもあの人が――」と叔母は話し始めた。「――最後まで言い終えて、ローズヴェルト大統領なんていな――」

叔母は最後まで言い終えなかった。オーティス伯父が戸口を通り抜ける時に、リノリウムのすり切れた穴につまずいて、廊下に大の字になって倒れてしまったのだ。倒れる時に頭をテーブルに打ち付けて、私たちが駆け寄った時には意識を失っていた。

私はオーティス伯父を居間に運び込んで、古い馬巣(ばす)織りのソファーに寝かせた。イーディス叔母は冷たい湿布とアンモニア液を運んで来た。私たちが二人でぐったりした伯父を介抱すると、まもなく伯父は目を開けて、私たちが何者なのかわからないかのように、目をぱちくりさせた。

「お前たちは何者だ?」伯父が尋ねた。「わしに何があった?」

「オーティス!」イーディス叔母が声を上げた。「あたしは妹よ。あなたは倒れて、頭を打ったの。意識がなかったわ」

オーティス伯父は猜疑心に満ちた目で私たちをにらみつけた。「オーティスだと?」伯父は繰り返して言った。「わしの名前はオーティスではない!　いったい、わしを何者だと思っているんだ?」

「だって、あなたはオーティスだもの!」イーディス叔母が嘆きながら言った。「あなたはオーティス・モークスで、あたしの兄。あなたはヴァーモント州ヒルポートに住んでいるのよ。ずっと一緒に暮らしていたじゃない」

オーティス伯父は強情そうに下唇を突き出した。

「わしの名前はオーティス・モークスなんかじゃない」立ち上がりながら、そう宣言する。「わしはユースタス・リンガム、オハイオ州クリーヴランド在住だ。わしは農業機械を売っている。わしは頭痛がして、話すのに飽き飽きした。外に出て新鮮な空気を吸うぞ。もしかすると、それで頭がすっきりするかもしれない」

無言のまま、イーディス叔母は通り道を開けた。オーティス伯父は廊下に出て、正面玄関のドアから出て行った。イーディス叔母は窓から覗いて、伯父が正面玄関の石段に立って星を見上げていると教えてくれた。

「まただわ」叔母が絶望したように言った。「記憶喪失症がぶり返したのね。二十年前に落馬した時、まるまる一週間というもの自分がクリーヴランド出身のユースタス・リンガムだと思い込んでいたのと同じだわ。

ねえ、マーチスン、もうお医者さんを呼ばなければならないわ。でも、もしも先生がオーティスのことを知ったら、監禁しようとするでしょうね。もっとも、誰であれオーティスを監禁しようとしたら、あの人はそういう人たちや監禁される場所の存在までも否定するでしょうね。そうなったら、その人たちは――その人たちは――」

「でも、もしも何もしなかったら」私が指摘した。「どんなことが起きるかわかったものじゃない。また新聞でローズヴェルト大統領の記事を読むはずだ。最近では大統領の名前が新聞に載らない日はありませんよ、たとえヴァーモント州にいてもね。あるいは、マダガスカルやグアテマラに触れている記事に出くわさないとも限らない」

「あるいは、所得税の役人と騒ぎを起こすかもしれないし」イーディス叔母が口を挟んだ。「どうして所得税を支払わないのか責め立てる手紙がひっきりなしに届いているわ。最新の手紙では、係を派遣して面談すると書いてあったわ。でも、あの人ときたら、所得税なんてものは存在しない、だから収税吏なんてものはあり得ないと言うの。だから、仮に自分は収税吏だと名乗る人間がここに来ても、オーティスはその人のことを信じないでしょう。そうなったら……」

お手上げになって、私たちはお互いの顔を見た。イーディス叔母が私の腕を掴んだ。

「マーチスン！」叔母が声をからして言った。「急いで！　あの人と一緒に行って。あの人を一人で放っておけないわ。つい先週も星なんてものは存在しないと言っていたの！」

私は一瞬たりともためらわなかった。即座に私はポーチに出てオーティス伯父の横に立った。伯父は晩の冷気を吸い込みながら、きらきら光る空を見上げて、その顔に猜疑心溢れる表情を浮かべていた

「星だと！」星の散らばる空に骨張った人差し指を向けて、伯父は怒鳴った。「一億マイルの十億倍の一兆倍以上遠くの、あらゆる星どもめ！　そのどいつもこいつもが太陽の何百倍もの大きさだという！　それは本に書いてあることだ。わしの意見は何か知っているか？　ばかばかしい！　そんな大きな物はなく、そんなに遠くにもない。望遠鏡で眺めて星と言っている物が本当は何なのか知っているか？　あれは星なんかじゃない。実際のところ、星と称する物など――」

「オーティス伯父さん！」私は大声で叫んだ。「蚊です！」

私は伯父の頭の天辺（てっぺん）を力一杯叩いた。

私は伯父の気を逸らさなければならなかった。伯父にしゃべらせてはならなかった。もちろん、宇宙はあまりに広大で、おそらくオーティス伯父が存在を否定するくらいで消え失せることはないだろう。しかし、運を天に任せる気にはならなかった。だから声を上げて、伯父を叩いたのだ。

しかし、昔の記憶喪失症をぶり返し、伯父が自分をクリーヴランドのユースタス・

リンガムと思い込んでいることを私は忘れていた。私の一撃から我に返ると、伯父は冷たい目で私をにらみつけた。

「わしはお前のオーティス伯父さんじゃないぞ！」伯父はがみがみと言った。「わしは誰のオーティス伯父さんでもない。誰の兄でもない。わしはユースタス・リンガムで、頭痛がする。葉巻を吸って、床に就こう。朝になったら、わしはクリーヴランドに戻っている」

伯父は体の向きを変えて、足音を響かせて中に入り、階段を上った。

私は有効な手だても思いつけないまま、伯父の後を追い、イーディス叔母はさらにその後から階段を上った。叔母と私は階段を上りきったところで立ち止まった。オーティス伯父が自分の部屋に入ってドアを閉めるのを、二人して眺めていた。

それから伯父がベッドに腰を下ろして、スプリングが軋る音が聞こえた。続いてマッチをする音がして、まもなく葉巻の匂いがした。オーティス伯父はいつも寝る直前に葉巻を一本吸うことにしていた。

「オーティス・モークスだと！」伯父がつぶやき、それから片方の靴が床に落ちる音が聞こえた。「そんな名前の人間など一人もいるものか。何かの悪戯だ。そんな人間がいるなんて信じるものか」

すると、声がしなくなった。静寂が続いた。私たちは伯父がもう片方の靴を落とすのを待っていたが……たっぷり一分が経過し、お互いに恐怖の表情を浮かべた顔を見合わせると、私たちはドアに向かって駆け出してドアを開けた。

イーディス叔母と私は中を見つめた。窓は閉まって、鍵がかかっていた。ベッドの脇にあるテーブルの灰皿から葉巻が一筋の煙を上げていた。ベッドカヴァーにはくぼみがあり、ゆっくりと元に戻りつつあった。そこには直前まで人が腰を下ろしていたのだろう。オーティス伯父の靴の片方がベッドの横の床に落ちていた。

しかし、当然ながらオーティス伯父の姿は消えていた。伯父は自分の存在そのものを信じずに消し去ってしまったのだ……。

デクスター氏のドラゴン
Mr. Dexter's Dragon

　ウォールドー・デクスターはその本をこともあろうに最も月並みな場所で見つけた――古道具屋だ。筋の良い古道具屋でさえなかった。マンハッタンでも最もありふれた、ブロードウェイの東、キャナル・ストリート沿いの、壁の穴みたいな、引っ込んで狭苦しいただの薄汚い店だった。

　そこは主として中古品のスーツケースや実にうんざりするような見た目の古着を売る店だった。そもそもデクスター氏が店に入ったのは、強風で帽子が吹き飛ばされて、何度も跳ね上がっては視界から消えて、水たまりの多い暗い路地に入ってしまったからだ。

　ウォールドー・デクスターは帽子が消え去るのを見て何の感情も抱かなかった。彼は物をなくすことに慣れていた。帽子は風に吹き飛ばされ、傘は列車や地下鉄に置き忘れ、眼鏡はよく滑り落ちて壊れた。彼は禿(はげ)の進行している小男で、目には趣味に熱中しやすい人間――実際、彼はそうだった――特有の、熱心なきらめきがあった。彼の専門は魔術や妖術に関係した本と手稿の蒐集だった。

デクスター氏がその小さな古道具屋に入ったのは、自分の身なりが気になったというよりも、頭が冷えるのを避けるためだった。ウィンドウに縁なし帽子がいくつかあったので、彼は一つ買うつもりだった。縁なし帽子をかぶれば頭が冷えず、安上がりで、風に飛ばされることもないだろう。趣味にのめり込んでいるとはいえ、デクスター氏は浮世離れした人間ではなかったのだ。

縁なし帽子を買うのはたやすいことだ。難しいのは、この店の他の商品の半分でも買わずにいることだ。ウォールドー・デクスターがほんの少しでも乗せられやすかったならば、あるいは小柄でおしゃべりな店主にもう少し商売っ気があったなら、実際その通りになったことだろう。とはいえ、デクスター氏は意志が固くて彼のささやかな災難による残念な結果を避けることができた。だが、彼は店主の最後の熱のこもった誘いをうまく断れなかった。それは、他にも彼が使うような物が本当にないか、せめて店内を一通り見てほしいというものだった。

デクスター氏は棚やカウンター、ラックに素早く目を走らせた。すると、まるで磁石に引き寄せられるように、低い棚にある埃をかぶった本に目が吸い寄せられた。

その本は厚くはなかったが、縦と横は昔の出納簿の判型だった。見慣れない暗紫色の、きめ細かくて馴染みのない質感の革で装丁されていた。題名も献辞もなかった。ところが――ウォールドー・デクスターの小さなごま塩の口髭が好奇心で震えた――一インチ幅の鉄製バンドが本をぐるりと覆い、開けられないばかりか鍵もかかっていた。古いデザインの小さな錆びた鉄製の南京錠が、鉄バンドの端が重なるところで掛け金にかけられていた。

ほとんど気づかれないほどの微かな興味を示すつぶやきと、ひとこと声をかけたら止めてしまうようなさり気ない身振りで、デクスター氏はその本に手を伸ばし、手前に寄せて、薄い埃の層を吹き飛ばした。

「ふうむ」彼はそう述べると、店主にどんよりした目を向けて、本を少し振った。「これは何かね？」ため息のような声だった。

店主の即答から判断したところ、その本は極めて稀な書物で、ナポレオンの親しい友人で、或る高名なヨーロッパ貴族の日記だという。様々なホテルの引き取り手のいない手荷物の売り立てで、店主自身が買ったスーツケースから出てきた物だった。ヨーロッパの紳士の所持品だったが、無様（ぶざま）にもホテルの請求書を清算せずに逃げ出し――少なくとも、その人物は部屋から姿を消して、その後二度と姿を見せなかった

——その結果、極めて合法的に店主の所有するところとなったのだ。百ドルで買いたいと申し出た蒐集家のために確保してあるが、デクスター氏がもっと良い条件で買いたいのであれば——。

ウォールドー・デクスターはため息をついて、意味深長に鍵のかかっている鉄バンドの下に何があるのか知ろうとして、顔の筋肉のうずきを抑えつつ、礼を失しない程度にあくびをした。

「もしもそれほど価値があるのならば」彼は片方の眉を上げながら尋ねた。「どうして持ち主はホテルの請求書を踏み倒したりしたのですかね？　本を売ればいいだけの話でしょう？」

その時、返答を期待していたわけではない彼は小さな南京錠をいじっていた。鍵はかかっていないことが判明した——店主が解錠していたのだ。デクスター氏が表紙を開いた。背の鉄の蝶番（ちょうつがい）が動きにくくなっていた。彼の目が最初のページを見ると、心臓が興奮で跳び上がり、手が震えないようにするのに大変な努力を要した。

その本は印刷された物ではなかった。ほとんど判読できない流れるような飾り文字が罫線入りのページにインクで手書きされていた。文章はひどいフランス語とイタリア語が混交していて、おまけにラテン語も混じっていた。

日記なんて物ではなかったが、手書きということで無学な買い手に誤解を与えたのかもしれない。

そのページの最上部に、太く流れるような字体で、**秘法と呪文**とイタリア語が書かれていた。その下には数行の韻文が書かれていたが、多言語が複雑に混じり合っていたので、解読できなかった。韻文の下には一つの大文字Cだけあった。

ウォールドー・デクスターの脈拍は、その書物のページを素早くめくる間も、早鐘を打つようだった。彼は自分の関心を悟られないように、あまりじっくり見ることはしなかった。しかし、いくつかのページの最上部に、**透明になる方法**とか**悪魔に金貨三袋を持ってこさせる方法**というような興味をそそる見出しを判読して、目に喜びの色が浮かんだ。

他にも同じように役立ちそうなものがあったが、彼の学識はこれほど狭いスペースに混在して書かれた外国語を解読できるほどではなかった。とはいえ、彼は目を輝かせながら深呼吸して、その書物の真ん中に挿入された絵をじっくり見つめた。

挿絵は熟練した画家が極上の羊皮紙に描いたものだった。羊皮紙は少し黄ばんでいたが、そこに描かれた腹を空かせたように見える小さなドラゴンの見事な彩色は色あせていなかった。

実にむかつくような小さな生き物で、板石(フラッグストーン)の床にうずくまり、黄色い目を輝かせてそのページから見つめていた。そのドラゴンの少し後ろに、名の知れぬ画家は散乱した骨の山を描き入れて芸術的な細部の一筆を加えていた。デクスター氏はそれ以上読み取ろうとはしなかった。

彼は書物を閉じると、再びあくびをして首を振った。

「私に嘘をつきましたね」彼は店主の目を見つめて非難した。「これは日記なんて物じゃありません。戯言(たわごと)ばかり書かれています。どこかの子供が作文の練習に使った練習帳だかそんなものでしょう。挿絵は明らかに子供の描いたものです。製本と留め金を除けば、全部まとめても一ドルにもならない。これが本物の本だったら買ってもいいが、それも書斎に珍しい物を置くためだけです。それだって、十ドル以上は支払う気はありません」

彼は肩をすくめると、本を元の場所に戻そうとした。店主は慌てて雨霰(あめあられ)とまくし立てた。最終的にデクスター氏が説得を受け入れた。すでに自分から価格を述べてしまったので、結局、彼は十ドルと言うしかなかった。まもなく、喜びを押し隠しつつ紙で包んだ本を震える手で持ちながら、彼は店から出た。新鮮な戸外の空気を素早く吸い込むと、彼はタクシーに乗り込んでペンシルヴァニア駅まで行き、そこから列車で快適な自宅——老夫婦が管理している、海辺に近い小さな家——のあるロング・アイランドのベイサイドに向かった。

帰宅すると、ウォールドー・デクスターはまっすぐに書斎に入り。そこで震える指で自分の宝物の包みを解いた。最初は素早く、次にいくつかのページには細心の注意を払いながらめくった。この事前調査にたぶん一時間ほど費やし、その後は、ただ誰かにこの新発見を打ち明けなければならない気持ちになり、たっぷり時間を取って一番近いところに住む友人宛の手紙を一気に書き上げた。友人というのはマッケンジー・ミュアーで、その住居はブルックリンのベイ・リッジ地区にあった。

それは（と、ウォールドー・デクスターは書いた）少なくとも十八世紀初頭までさかのぼる秘法と呪文に関する手書きの書物だ。自信を持って言えるが、人間の皮で装丁されている。賭けてもいいが、セネガンビア人（セネガル川とガンビア川に挟まれた地域）だ。鉄製バンドは装丁の一部で、鉄製の南京錠で鍵がかかるようになっている。表紙を開くと、最初のページに下手な韻文があり、最終的に私は次のように翻訳した。

開く勿（なか）れ、この書を

黄昏(たそがれ)と曙(あけぼの)の間に
悪魔の眷属(けんぞく)を
汝(なんじ)が解き放たぬように

この下に一文字、飾り文字で大文字のCが書かれている。

許可されていない人間がこの書物を利用したいと思った時に、脅すための警告文だと私は考えている。というのも――確たる証拠はないが、いずれ発見できると願っている――これはカリオストロ（十八世紀イタリアの詐欺師として有名）その人の個人的な魔力と呪文の書物だと、私は確信しているのだ！

全体がラテン語、フランス語、イタリア語の寄せ集めで書かれている。これも許可されていない人物による使用を防ぐ追加の措置であると私は考える。読むことができるのは非常に教育程度の高い人物だけだからだ。翻訳するためには相当掘り下げる必要があるが、私はすでに二つの呪文については部分的に解読した。一つは、単に「透明になる方法」で、もう一つは「悪魔に金貨三袋を持ってこさせる方法」だ。

もしも材料が揃えば、必ず魔力を試してみるのだが！　しかし、例えば最初の場合に必要な材料の一つは、絞首台に吊された男の手から搾(しぼ)り取った脂肪だ。この秘法を使うにはいくらか困難が伴う！　しかし、他にもっと簡単な秘法を見つけられるに違いないから、その時は効力を見極める実験を是非とも行いたいものだ。

しかし、この書物で最も注目に値するのは、見事に彩色されたドラゴンの絵が描かれた羊皮紙が挿入されている点だ。この怪物には緑色の鱗（うろこ）があり、長く青い爪、紅（くれない）の口に青い牙、緋色の尾をして、頭部からは緋色の細い糸か触角のようなものが垂れ下がり、背には海草のようなものがある。目は明るい黄色で、緋色に血走り、頭部はまるで生きているような輝かしさを放っている。

このドラゴンは石タイル張りの床にうずくまって、まっすぐこちらを見ているようで、顎をやや開けて、顔にははっきりと貪欲な表情を浮かべている。鱗で覆われた脇腹はやせて落ちくぼんでいる。骨格が至るところで見える。今まで絵で見たことのないほど、やせて、腹を空かせて、不吉な怪物だ。そういうわけで、私はカシウス（カエサルを暗殺した首謀者の一人）というあだ名を付けることにした。

このドラゴンの背後に、部分的に隠れているが、骨の山が積み上がっている——魅力的でぞっとするような加筆だ。人間の骨だからだ。絵を拡大鏡で見たところ、十三人分の頭蓋骨があり、画家の巧みな筆さばきによって拡大するとすべての細部が正確で、変色によってどの頭蓋骨が他のよりも古いということまでわかるのだ。それに混じって他部分の骨や布の断片がある。全体をひっくるめて驚くべきもので、その鮮烈な正確さには度肝を抜かれる。

今のところこれ以上のことは述べられない。掘り出し物を調べる時間はあと数分しか残されていない。ミセス・スタッドリーが夕食ができたと呼んでいるので、食事が終わったら調査を再開するつもりだ。

私の家に来て、実際にその目で見てほしい――できたらその日のうちにでも（手紙を受け取り次第）。君の蒐集品のカリオストロの手紙を持参してくれたまえ――筆跡を比較すれば、即座にこの書物が彼によって書かれたものかそうでないのかはっきりする。しかし、この書物を私から買い取ろうなどとしないでくれよ。たぶん、遺言で君に遺すことになるだろうが、あまり早く手放したくないのだ！

敬具

ウォールドー・デクスター

デクスター氏は手紙に封をすると、切手を貼り、宛先を書いて、階段を下りて夕食を摂る時に、ミセス・スタッドリーに後で投函するように言った。後にミセス・スタッドリーが証言したところによれば、実に素晴らしい食事をろくに味わいもせずにさっさと済ませると、大急ぎで書斎に戻って風変わりな書物の精査を再開した。スタッドリー夫妻が夕食の食器を洗って、数ブロック離れた自宅に戻る時、デクスター氏は一心不乱で、夫妻のおやすみの挨拶にまともに返事もしなかった――このことが翌日、ふくよかな体格のミセス・スタッドリーをどういうわけか大いに動揺させた。

というのも、翌朝、彼女がデクスター氏を朝食に呼びに夫を行かせたところ、ウォールドー・デクスターの姿はなかったからだ。寝室にはいなかった。書斎にもいない。家のどこにもいなかった。ただ姿を消したのだ。

警察が到着しても、ウォールドー・デクスター失踪の謎を解明する上で少しの進展も見られなかった。彼はただ姿を消し、書斎がわずかに乱雑になっている点を除けば、何も彼の失踪を示すものはなかった。まるで不注意に腕で払ったかのように、本が何冊か机から落ちていて、デクスター氏の眼鏡が床に落ちて壊れていた。

これ以外に彼のいた痕跡はなかった。部屋の乱れは争いがあったことを示すようなことではなく、ウォールドー・デクスターは誘拐されるほど裕福な人物ではなかった。警察は最終的に、デクスター氏は一身上の都合により意図的に姿を消したか、記憶喪失になってさまよっているのだと結論した。

これらの結論は、午後も遅くなってから到着したマッケンジー・ミュアー氏によっても変わることはなかった。

ひょろっとしたスコットランド人であるミュアー氏は、ウォールドー・デクスターの所在を突き止めることよりも、デクスター氏が手紙で言及していた書物を入手する方により大きな関心を抱いていた。状況をいち早く把握してしまうと、彼は警察にウォールドー・デクスターの手紙を見せる必要はないと考えた。また、実のところ、警察がデクスター氏の机に開いて載っているのを見つけ、ざっと目を通し、脇に置いた手稿本について論じる必要もないとも考えた。

ミュアー自身は記憶喪失説が気に入り、デクスターはまもなく姿を見せることにあまり疑問を抱いていなかった。彼が再び姿を現す前に、ミュアー氏はウォールドー・デクスターがたまたま見つけた書物を自分の所有物にするつもりだった——所有ということに関して言えば、彼は「所有権決定は現実所有の九分の勝ち目（実際に手にしている立場の者の方が強いということ）」と考えていた。

そういうわけで、好機を窺って、彼は紫色の革装丁の本を開くと、素早く表紙の内側に自身の蔵書票——財布に入れて持ち運んでいた——を貼り付けた。それから、糊が乾くのを待って、事件を担当する警部補に書物を持っていった。今日訪問したのは、自分からデクスターが借りた本を返却してもらうためだったと彼はもっともらしく説明した。彼が蔵書票を見せると、まもなくその書物を持ち帰る許可を得た。

彼は蒐集家特有の喜びに満たされ、バスと地下鉄を乗り継いで帰宅した——数時間かかったので、家に着いた時には日が暮れていた。途中で書物に目を通しながら、ウォールドー・デクスターについての思いが彼の頭をよぎった。

しかし、自宅に到着すると、ミュアー氏は入手したばかりの宝物をじっくり調べるのは一時断念するしかなかった。まず、彼のために執事が遅らせていた夕食を食べなければならない。次に、隣人が立ち寄って、その晩の噂話をしていった。

ミュアー氏が再び書物を取り上げると、ウォールドー・デクスターと同じように、彼もぞっとするような小さなドラゴンに魅了された。

しばらくして、もっとよく見ようとして彼は拡大鏡に手を伸ばした。すると、デクスターが明らかにドラゴンを不正確に描写していたことがわかって、彼は鼻を鳴らした。

「〝やせて腹を空かせて〟だと！」彼はおおっぴらに鼻を鳴らした。

「〝骨格が至るところで見える〟とは、大変な誇張だ。こいつは確かに太ってこそいないが、骨格などどこにも見えない。腹はちょっと出ているくらいで、飢餓の兆候などまるで見えない。それに——」ミュアーは拡大鏡をじっと覗き込んだ。——「怪物の後ろの山になっている頭蓋骨は十四個で、十三ではない。ハッ！　デクスターらしからぬ注意不足だな。きっと記憶喪失でどこかをさまよっているのだろう。これほど多くの間違いを犯すなんて、頭が衰えていたに違いない！」

すでに真夜中に近いことに気づき、マッケンジー・ミュアーは急いで書斎の明かりを消した。彼は寝室に入り、まだ手に紫色がかった書物を持っていることに気づくと、それを書き物机に置き、腹を空かせた小さなドラゴンの絵の上に拡大鏡を置いた。

それから、電灯を消し、もはや何も考えなかった。

しばらくして拡大鏡が床に落ちる音がしても、彼は目を覚まさなかった。

マッケンジー・ミュアーの失踪は新聞にとっては実に魅力的でセンセイショナルな事件となった。

寝室はあまり乱れておらず——床に拡大鏡が落ちて割れ、シーツは部屋の隅に丸まっていた——ドアも窓もすべて鍵がかかっていたので、この失踪事件は実に不思議だった。手がかりとするのに漠然とした証言しか頼るものがなく、警察はまもなく事件全体を忘れ去るのが良いと判断した。

家は処分されて、使用人たちは解雇された。主人がウォールドー・デクスターから盗んだ風変わりな書物を書棚に置いて、最後の務めを果たし、なにもかもすっきりさせたのは執事のジョンスンだった。

彼がその書物を摑んだ時、小さなドラゴンの絵のあるページが開いた。ジョンスンはふと興味を惹かれて、しばしそれに見入った。

「ずいぶんと太った小さな怪物じゃないか」彼はブラインドを下ろしていたメイドのドーラに言った。「耳まで裂けた口で笑っている」それから書物を閉じて片づけると、二人は書斎を出て後ろを振り返ることはなかった。

家は数か月間、しっかりと戸締まりしたままで、その間に遠縁のいとこが遺産相続できるようにマッケンジー・ミュアーが死亡したことを証明しようとした。だが、或る冬の夜のこと、欠陥品の電線が発火し、夜が明ける前に家全体の骨組みが、黒こげになった梁と粉末状の灰と化して地下室の穴に落ちてしまった。

そして、またしても新聞は予想外の幸運を受け取ったのだった。正体不明の大きな骨とともに、十五名にものぼる遺骸から成る骨が発見されて、数百万人の新聞読者を一週間近くも興奮させたのである。

しかし、どんな生物ともわからない骨を調べた科学者たちの方がずっと興奮した。

初めは興味をかき立てられ、やがてその骨格がどのような生物のものだったのか意見の一致を見ることができず悩まされた。とはいえ、最終的にその骨はサーベルタイガーのこれまで未知の種であると発表して、専門家としての面目を保つことができた。

というわけで、些細な一点を除いて、当局の人間たちはついに事件全体をかなり手際よく説明することに成功した。人骨は人々を自宅に誘って殺害し地下室に埋めた、殺人狂マッケンジー・ミュアーの犠牲者のものであると、結論されたのである。彼が不運な友人ウォールドー・デクスターをそのような目に遭わせたのは疑いなかった。その後、ミュアーは自分のしたことに怖くなって、賢明にも姿を消したのだ。

その後、彼は鍵のかかった家に戻り、家に火を放って自分の犯罪の証拠を破壊し、自身も炎に身を投じたのである――というのも、調査員によって掘り出されたぞっとするような遺骨の中から、マッケンジー・ミュアーの歯と容易に認められる物が発見されたからだ。

かくして、ほとんどすべての糸の端が結びついた。ただ一つ、当局の人間たちがもっともらしい説明のできなかった疑問点は、その家でサーベルタイガーがいったい何をしていたのかということだった。

ハンク・ガーヴィーの白昼幽霊
Hank Garvey's Daytime Ghost

少年は丘の斜面をくねくねと曲がっている道を慎重に下りた。蒼白の月が彼の頭上に輝いていた。月は澄んで非現実的な光で夜を満たし、奇妙な影を作った。静寂を破るのは少年の息づかいと、彼の前で突然小さな音を立てて巣から飛び出し、守ってくれる闇へと逃げ込んだ小動物たちだけだった。

少年はステッキをしっかりと握り、野生のスイカズラの藪（やぶ）を突き抜けると、月光による影が暗い不規則な列になって並んでいる、ひらけた坂の天辺（てっぺん）に出た。坂の下には、壁が傾き、屋根がたわんでいる、廃屋同然の小屋と思（おぼ）しき大きな影があった。

少年は大きな安堵のため息をついた。正確に言うと、彼は怖くはなかったが、それでも夜は気味が悪く、道は奇妙に見えた。彼はこの場所を見つけてハンク・ガーヴィー爺さんに或る質問をするためだけに、一時間近くも暗闇を我慢していた。質問というのは幽霊に関するものだった。

夏の夜に尋ねに来るにしてはちょっと風変わりな質問だったが、彼が聞きつけたのは風変わりな幽霊の話だったので、もっと知りたいと思ったのだ。大柄でがっしりした体格のラデックス伯父はいくらか話をしてくれたし、スーザン伯母も身を震わせて忍び笑いをしながらも、さらに多くのことを話してくれた。

しかし、二人ともたぶん笑いすぎたせいだろうが、彼にはっきりしたことは言わなかったので、直接ハンク・ガーヴィーに尋ねに来たのだった。それはハンク・ガーヴィーの幽霊だった――より詳しく言うと、ハンク・ガーヴィーの幽霊ではなくて、ハンク・ガーヴィーに取り憑いている幽霊だ。

幽霊について知るという目的は夜間外出の理由としては不穏なものだが、少年は好奇心旺盛な気質だった。都会から来た彼には、ヴァージニア州の丘陵地帯は新鮮だったが、すでにこの地方に馴染んでいた。彼は迷子になる――彼はそのつもりはなかった――以外には何も恐れることはないことがわかっていた。そのうえ、ラデックス伯父とスーザン伯母から大笑いされたことが、彼にとって自分が一人前の男であることを証明する一つの挑戦になっていた。

そこで彼はここに立ち、坂の下にはハンク・ガーヴィーの今にも倒れそうな家が暗がりに音もなく建っていた。しかし、遠くの方で少年は昂揚したしゃがれた歌声が微かに聞こえたと思った。目を凝らすと、向かいの坂をずっと上ったところに二つの影が見えた——影は動き、大きな方の後ろから小さい影が続いた。大きな影は馬だろう。すると、小さな影はハンク・ガーヴィーに違いない。スーザン伯母の予想通り、畑を耕していて、月明かりの下ですき返しながら一人で歌を歌っていたのだ。

少年は坂道を足早に下りて、小屋を通り過ぎ、その先の丘をよじ上った。頂上に近い、平坦な畑の真ん中で半ば向きを変えると、鍬(すき)が落ちていた。しかし、ハンク・ガーヴィーと馬は消えていた。

少年は荒い息づかいをしながらしばし立ち止まった。すると、またしてもハンク・ガーヴィーの声が、丘の天辺に向かって坂がゆるやかになっている場所から少し離れたところで聞こえた。そして、まもなく彼は空と月光を背景にした当の男の姿を見つけた——男と男の馬だった。

ハンク・ガーヴィーは逆向きに馬に腰かけ、何の感情も見せない動物に鞍(くら)なしで乗り、馬の方は彼を丘の天辺に向かって連れて行った。男は馬の広い背に膝を曲げて座りこみ、交互に歌にもならない旋律を歌ったり、ハーモニカでメロディーにならない音を吹いたりしていた。

一瞬、少年は目を大きく見開いた。それから彼は後を追った。彼が天辺に着くと、再びすぐ近くに彼らが見えた。どっしりした動物は、ゆるんだ馬具の革ひもをひらひらさせ、何の感情も見せずに円を描いて歩き、ハンク・ガーヴィーはトルコ人のように馬の背であぐらをかいていた。すぐに少年はためらいがちに彼を呼び止めた。即座にハンク・ガーヴィーは馬から飛び降りると、今にも逃げ出そうとする姿勢で少年を見つめた。

「誰だね？」少年が近づくと、彼は甲高い声で尋ねた。

「ぼくはジョニー、町から来たラデックス・アンスンの甥です」相手に近づくにつれて自信を取り戻した少年は返事をした。

ハンク・ガーヴィーは頭を半ば反らし、ハーモニカを上げて待った。彼は小男で、顔は丸くてしわがなく、とても陽気そうだった。童顔についている目は二十五セント硬貨のように丸く、小妖精のように見えたので、ハンク・ガーヴィーが忍び笑いしながら彼に返答した時には、少年の不思議に感じる気持ちは消え去っていた。

「やあ、ジョニー、ラデックス・アンスンの甥御さん」彼は言った。「わしはハンク・ガーヴィー。ラデックス伯父さんは君をここまで使いによこしたのかね？」

少年は首を振った。

「自分の考えで来ました」彼は答えた。「幽霊について質問するために。つまり、あなたがお気になさらなければですが」少年は即座に言い添えた。

ハンク・ガーヴィーは忍び笑いをした。彼の後ろでは耕作用の老いぼれ馬が立ったまま、長くて瑞々しい草を食んでいた。

「さて、町から来た甥のジョニー」小男は愉快そうな声で言った。「素敵な夜で、元気がみなぎっている気分だから、連れがいるのも気にはならない。君が今夜、ずっと歩きながら、わしの幽霊についての話が聞きたいというのであれば、聞かせてやってもかまわないよ。だが、ラデックス伯父さんから前に聞いたことがあるんじゃないのかね？」

「少しだけです」少年は認めた。「でも、話をしてくれる時はいつも笑いながらなんです。そのせいで、ぼくは話をまともに聞けないんですよ、ミスター・ガーヴィー。それに、ぼくとしてはよく知りたいんです」

ハンク・ガーヴィーはハーモニカを口に当てて、一連の耳障りな音を鳴らした。それから、跳び上がって空中で踵を二度当てて鳴らし、下りてからグロテスクなつま先回転をしてみせた。

「君はわしの幽霊についてちょっと知りたいってわけか？」大いに気をよくした様子で彼は尋ねた。「ところで、ジョニー、どうやら夕食の時間のようで、わしはこの岩の下に冷菜の食料を隠してある。月が明るいうちに、わしと一緒に一口どうだね？」

「もちろん——もちろん、いただきます」少年は言った。「是非とも、ミスター・ガーヴィー」

「それからわしの幽霊の話をするとしよう」小男はそう請け合って、平たい岩をひっくり返して、その下にあるブリキの箱を取り出した。そして、割れた丸石の間から酒壺を引っ張り出した。彼は歯でコルクを噛んでねじり抜いた。コルクを吐き出して、器用に取り除くと、酒壺を持ち上げて、長いこと飲んだ。飲み終えると、酒壺を下ろし、コルクを元の場所に戻して、ぼろぼろの袖で口を拭いた。

「ふう」大いに満足して彼は舌鼓を打った。

彼は含み笑いをして岩の横にしゃがみ、ブリキの箱を開けると、少年にみすぼらしいサンドウィッチの半分を渡した。ジョニーはくつろいだ気分になって近くの岩に座った。小男は残ったサンドウィッチの半分にがぶりつき、旨そうな音を立てながら食べ、少年がまだろくに食べ始めてもいないうちに最後の小片まで食べ終えていた。

「さて、わしの幽霊の話をしよう」彼は前かがみになって、少年を覗き込むような姿勢で言った。「しかし、その前に町から来たジョニーよ、君のラデックス伯父さんが君にしてくれた話を聞かせてくれ」

「伯父さんは、あなたに幽霊が取り憑いていて、そのせいで昼間はずっと眠っていて、他の人間が昼間にやる仕事をするために夜になって起き出すと話してくれました」

「その通りだ」ハンク・ガーヴィーは忍び笑いをした。すぐ後ろでしゃがんでいた彼は体を前後に揺らした。「まったくその通りだ。わしには取り憑いている幽霊がいて、昼間はずっと寝ていて、夜になって働く。君のラデックス伯父さんの話は正しい。わしは晩の六時に起きて、牛の乳を搾(しぼ)り、朝食を作り、家事をこなす。そして、天気が良くて月が充分に明るかったならば、畑を耕す――月が充分に明るい時だけだ。畑を耕して種をまくんだ。それ以外の時は、ポケットにいくらかお金がある場合には、耕しも種まきもしない。その代わりに、丘を登って月を見て、ひょっとしたら月光を浴びながら踊ったり歌を歌ったりする。それに、たぶん家鴨(あひる)のいる池に水浴びをしに行くか、単に駆ける――わしがやりたいからという理由で、歌を歌いながら丘を駆け上がったり駆け下りたりする。それから、夜明け頃に家に戻って、牛の乳を搾り、夕食を作り、床に入るんだ。それからまた六時までぐっすり眠る。誰もがわしのことをいかれていると言う。こういう生活をしている人間のことを聞いたことがあるかね、甥っ子のジョニー?」

「聞いたことがありません」少年は興味を惹かれて答えた。「あなたがいかれているのはそのせいですか、ミスター・ガーヴィー?」

「もちろん、違うとも!」小男は憤慨して抗議すると、心から傷つけられたような色を目に浮かべて少年を見た。「もちろん、違う。わしがこういう暮らしをしているのは、幽霊に取り憑かれているからだ。わしが幽霊に取り憑かれてやっている行動で、わしをいかれているなどとは言わせんぞ。ところが、幽霊に取り憑かれているだけで、わしはいかれていると言われるんだ。わかるかね、町から来たジョニー?」

「さあ、わかったかわからないか、ぼくにはわかりません」高くて色の薄い眉にしわを寄せながら、少年は答えた。「あなたが昼間に眠って、夜になって働くのは、幽霊のせいだとおっしゃりたいのですか?」

「その通りだ、ジョニー、まったくもってその通りだ」ハンク・ガーヴィーは軽くうなずいて言った。「アイルランドから渡って、或る日、隣人に殺されたお祖父ちゃんの幽霊なんだ――そのつもりはなかったから、要するに事故だったんだが」

話しながら、彼はもう一つのサンドウィッチを平らげ、今では大きな生のカブをかじっていた。

「なあ、甥っ子のジョニー」彼は食べながら言った。「わしのお祖父ちゃんはひねくれ者だった――大変なひねくれ者だった。誰とも仲良くやっていくことができず、他人がやったことはやりたくなかった。他人が嚙みたばこをやっている時には、たばこを吹かし、他人がたばこを吹かしている時には嚙みたばこをやった。他人が教会に行く時には魚釣りに行き、他人が魚釣りに行く時には教会に行った。当然ながら彼のことは噂になった。

しかし、彼は大変なひねくれ者だった、わしのお祖父ちゃんは。隣人が彼のことをどう噂しようと、彼は何の注意も払わなかった。彼は我が道を行き、自分なりに楽しみ、それが気にくわない人間たちも口に出しては言わなかった――面と向かっては。

しかし、そんな時にわしのお父ちゃんがラバに蹴られて、それがもとで死んでしまった。母さんもまもなく死んで、その頃からお祖父ちゃんは夜に働いて、昼間に眠ることに決め、実行したんだ。

さて、当然ながら、お祖父ちゃんのことはこれまで以上に人の噂になり、人々はとんでもないことだとささやき始めた――お祖父ちゃんは頭がいかれていると。もちろん、そんなことはなかった――だが、人々はそう言った。彼はそんなことに何の注意も払わず、月光を浴びながら畑を耕し、乳を搾り、鍬を入れ、魚を釣り、わしにも同じことをさせた。

わしがとても幼いから、いかれたお祖父ちゃんの手に委ねるべきではないという話が、急速に広まっていった。お祖父ちゃんがわしに害をなすから取り上げるべきだと人々は言った。そういうわけで、或る日のこと、わしを連れ去って頭のまともな人に育ててもらおうと、お祖父ちゃんが眠っている間に男たちが徒党を組んでやって来た。その時にお祖父ちゃんは殺された。連中にはそのつもりはなかったが、わしを連れ去る時に目を覚ましたので、そうせざるを得なかったんだ。お祖父ちゃんは殺されたが、その前に二人の男の顎の骨を折り、三人目の男のあばら骨を折り、倒れてじゃまになった男の目を潰した。それから、わしは連れ出されて、頭のいかれていない、日中に仕事をする人の手で育てられた。お祖父ちゃんについて話を聞いたのはそれが最後だったが、十年前にそれまでいたどこやらから帰ってきて、わしに取り憑き始めたんだ。これまでの話についてこれたかな、ラデックス・アンスンの甥御さん?」

「と思います」陽気な丸顔から目を逸らさずに、少年は答えた。「それから何が起きたんですか?」

「それなんだがな、ジョニー、わしはこの辺で農夫として働いてたぶん十五年になるが、その仕事が好きになったことなど一度もない。だが、わしはやった。他のみんながやることをすべてやったが、その理由はお祖父ちゃんと、事故で隣人たちに殺された経緯を覚えていた以外に思いつかない。そこでわしは昼間に働き、夜はずっと眠り、日曜日には教会に行き、投票をした。すると、ちょうど他のみんながやるように何もかもやることにうんざりしてきた時に、お祖父ちゃんの幽霊が戻ってきて、わしに取り憑いたんだ。そうなったら、わしに選択肢はなかった」

「お祖父ちゃんの幽霊があなたに夜働き、昼間に眠るように強制したということですか、ミスター・ガーヴィー？」少年は自分の理解が正しいか確認しようとして尋ねた。

「いかにも、その通りだ」ハンク・ガーヴィーは愉快そうに忍び笑いしながら言った。

「わしはそうしなければならなかった。わしに課せられたのだ。そのことを話すと、誰もが理解してくれた」

「ぼくが知りたかったのはそこなんです」少年が打ち明けた。「お祖父ちゃんの幽霊はどうやってあなたに昼間働くのを断念させ、夜に働かせるのですか？」

ハンク・ガーヴィーは目を大きく見開いた。

「そりゃあ、もちろん、わしに取り憑くことによってじゃないか」彼は言った。「そのことは話したと思ったがな。この憑き物から逃れる唯一の方法は、夜に働いて昼間に眠ることだ。そのことは話したと思っていた」

「ええ」少年はなおも言った。「でも、ぼくが言いたいのは、幽霊がどうやってあなたに取り憑いたのかということです。幽霊は夜になって血の気の引いたぼんやりした姿で出現し、あなたを眠らせないで話しかけるんですか？　それとも、あなたが眠って寝言を言っている間に、部屋を歩き回って、あなたにやってもらいたいことを推測させるんですか？　どうなんですか？」

するとハンク・ガーヴィーは何度か前後に体を揺らし、やがて草の上に背中から倒れると、そこでたっぷり一分間も穏やかに笑っていた。そして、再び体を起こした時には顔に少しも笑った痕跡を留めていなかった。

「おやおや、違うんだよ、甥のジョニー」彼は言った。「わしのお祖父ちゃんは大変なひねくれ者だったと言ったよな。彼がありきたりの幽霊になると思うかね？　わしのお祖父ちゃんは違う！　お祖父ちゃんの幽霊は生きていた時と同じようにひねくれ者なんだ。彼がどうしたと思うかね、その幽霊が？」

ハンク・ガーヴィーは少年にかがみ込んで、耳に口を寄せて秘密を打ち明けるように声を落とした。

「お祖父ちゃんの幽霊は白昼に出現するんだ！」

「白昼に！」少年はびっくりして声を上げた。

小男は重々しくうなずいた。

「普通の幽霊と違って、血の気の引いたぼんやりした姿ではなく」彼はささやいた。

「わしのお祖父ちゃんだった幽霊は、インクで塗りつぶしたような、真っ黒の姿で現れるんだ。そして真っ昼間にわしにまとわりつく。一日中、曲がり角に潜んでいたり、わしの横をこそこそ歩いたり、テーブルの向かいに座ったり、耕しているそばで滑空したりして、わしの後をつけ回し、昼食の時にはわしの横でうずくまるんだ。わしは非常に嫌な気分になった。真っ昼間に幽霊にまとわりつかれたら、君だったらどんな気分になるかね？」彼はいきなり少年に向かって声高に言った。

「さあ」少年は目を丸くして答えた。

ハンク・ガーヴィーは跳び上がって、宙で踵を打ち合わせると、足の母指球で着地した。素早く彼は割れた岩に駆け寄って、酒壺を取り出し、コルクを歯でねじり抜いて、手に吐き出し、酒壺を上げて飲んだ。そして、コルクを元に戻して栓をし、酒壺を隠し、走って耕作馬の背に飛び乗って、草を食んでいた馬を驚かせた。

「まあ、いい気持ちではなかったよ」ハンク・ガーヴィーは少年の顔を覗き込みながら興奮した口調で言った。「夜に普通の白い幽霊が出るのもいいものじゃないが、昼日中（ひるひなか）に黒い幽霊にまとわりつかれるのはまったく違っていて、もっと悪い――遥かに悪い。だからわしはあの幽霊がお祖父ちゃんなのだとわかったんだ――ひねくれているからな。それでわしは昼間に眠って、夜に働かなければならなくなった。昼間に寝ていたら、幽霊はわしに取り憑くことができないからだ——それに、夜ならわしには幽霊が見えない！」

彼は馬の背で正座をして、少年に笑いかけた。

「これで君もわしの幽霊のことがわかっただろう」彼は言った。「月が高く昇ったら、またおしゃべりに来なさい。だが、昼間はだめだ。昼間はベッドでぐっすり眠っているからな」

彼は笑って、踵で馬を蹴った。馬はいきなり速歩（トロット）で走り始めた。ハンク・ガーヴィーはハーモニカを出して吹き始めた。やがて、小男と馬が丘の頂上に去ると、一人残された少年は瑞々（みずみず）しい香りのする草に膝までどっぷり浸かり、何もかもが月光に照らされ、小男の奏でる音楽だけが風に乗って届いた。

〈解説〉ミステリ短編の名手によるホラー・ファンタジー作品集

小林　晋

本書は本文庫から刊行されて好評を博した『ガラスの橋』に続くロバート・アーサーのホラー・ファンタジー系作品を集めた短編集 *Ghosts and More Ghosts* (Random House, 1963) の全訳である。

本国では短編集『ガラスの橋』に三年先行して刊行されている。どちらの本も同じ判型で、読者対象を今で言うヤング・アダルトとしている。『ガラスの橋』は著者自身による収録作品についての言葉もあり、自選短編集ということが明確に打ち出されていたが、本書はその点では明確ではない。短編集全体の題名から同じシリーズであることは明らかで、実質的にはアーサーのホラー・ファンタジー系作品の自選短編集と見なせると思う。なお、作家アーサーについては、『ガラスの橋』の解説に述べておいたので、参照されたい。

ちなみに同じ判型で、ヤング・アダルトを対象としたアーサーのアンソロジー（個人短編集ではない）としては、*Spies and More Spies*（1967）、*Thrillers and More Thrillers*（1968）がある。

アーサーのSF、ファンタジー、ホラー作品は、我が国ではほとんど紹介されてこなかったと言っても過言ではない。フレドリック・ブラウン&マック・レナルズ編『SFカーニバル』（創元推理文庫）収録の「タイムマシン」、『世界ユーモアSF傑作選1』（講談社文庫）収録の「魔王と賭博師」など、その数はミステリに比べると微々たるものである。実際、かつて『ミステリマガジン』で拙訳が紹介された「エル・ドラドの不思議な切手」一作を除いて本書収録作はすべて初紹介作品である。『ガラスの橋』がミステリにおけるこの作家の幅広い作風を知らしめたとしたら、本書はさらにミステリ以外の分野におけるアーサーの作風を初めて本格的に読者に紹介するものである。

収録作品解題

以下の書誌データは、『ガラスの橋』同様に、かつてネット上に存在した短編書誌に完全に依拠している。明白な誤謬と思われる部分については修正した。

見えない足跡

初出はアーゴシー・ウィークリー、一九四〇年一月二十日号。

エジプト発掘に参加した人物が何らかの禁忌に触れてしまい、世界中を逃げ回ることになる。オブザーヴァーとして失明して、音に敏感な人物を登場させている点がユニーク。さり気なく仕込まれた、四本足とか鉤爪という言葉が読者の想像を刺激する。

ミルトン氏のギフト

ブルーブック、一九五三年七月号に掲載された。初出時の題名は The Man with the Golden Hand。

本書収録の「バラ色水晶のベル」、「デクスター氏のドラゴン」とともに〈魔法のお店〉テーマの作品。愛妻家のミルトン氏は妻の贈り物をこの世ならぬギフト・ショップで入手しようとしたが、宇宙人が経営しているとしか考えられないその店は普通のギフトは取り扱っていなかった。思わぬギフトにミルトン氏とその周辺の人物が振り回される様子が愉快である。

バラ色水晶のベル

初出はアメイジング・ストーリーズ、一九五四年三月号で、その時の題名は Ring Once for Death。

アーサーは映画監督アルフレッド・ヒッチコックの名前を冠した多数のアンソロジーを編集・出版している。古典から現代作品に至るまでの豊富な読書の裏打ちがあるからだ。本作は怪奇小説ファンであればすぐにお気づきになるように、W・W・ジェイコブズの古典怪奇短編「猿の手」(一九〇二年)のヴァリエーションである。新婚旅行の時に立ち寄った骨董店で入手したベルは、近くの死者を蘇生させる代わりに別の人間が死亡するという不思議な言い伝えのあるベルだった。ベルにはクラッパーが欠けていて鳴らすことはできないはずだったが……。

なお、未確認だが本作は発表年に本書収録時の題名で戯曲化されてキャサリン・ロビンスン編の *Dracula and Other Plays of Adventure and Suspense* (1986) に収録されているようだ。

エル・ドラドの不思議な切手

初出はアーゴシー・ウィークリー、一九四〇年六月十五日号で、初出時の題名はPostmarked for Paradiseで、他にPostpaid to Paradiseという別題もある。アーサーにはマーチスン・モークスが登場する作品がいくつかあり、本書にはこの作品と「頑固なオーティス伯父さん」が収録されている。いずれも愉快なSFホラ話である。モークス・シリーズには他にJust a DreamerおよびThe Devil's Gardenがある。いずれも一九四〇年代に集中的に発表されている。

モークスは父の遺した、エル・ドラド連邦国という地球上に存在しない国の発行した不思議な切手の話をする。実際にその切手を使ったことで、彼が友人を失う顛末が描かれている。二つの別題が示唆するように、友人を失うといっても当の友人にとっては幸福な結末と想像される。『ガラスの橋』収録の「三匹の盲ネズミの謎」同様に、おそらく自身が切手蒐集家だった作者の嗜好が反映されている。

奇跡の日

初出はアーゴシー・ウィークリー、一九四〇年七月六日号で、初出時の題名はMiracle on Main Street。

水疱瘡で療養中の少年が家族の話を聞いた後で、父親の曾曾祖父が中国から持ち帰った小物を握りながら眠りに就いたところ、彼の願いが実現していく。

鵞鳥じゃあるまいし

初出はアーゴシー・ウィークリー、一九四一年五月三日号。The Hero Equation という別題もある。

題名は「ばかを言うんじゃない」という意味だが、鵞鳥に転身したピーボディー教授にかけて「鵞鳥になるんじゃない」という意味にもなる。

物理学教授が魔法（！）でローマ時代の鵞鳥に転身し、歴史を転換するような事件に関与する愉快な話。

幽霊を信じますか？

初出はウィアード・テイルズ、一九四一年七月号で、初出時の題名は The Believers。本書収録時に現在の題名に改題された。

ラジオのパーソナリティーが単身幽霊屋敷に拘束され、その状況をアメリカ全土に実況放送する。屋敷の背後にある沼地から正体不明の生命体が彼を求めて出現する様子を描写し、ラジオ放送関係者もリスナーも手に汗を握る迫真の放送になる。放送が終了した後、想像上の生命体であるはずのものがパーソナリティーを襲う。怪奇短編として出色の出来映えであり、これまで未紹介だったことが信じられないほどだ。アンソロジーとしてはフランク・D・マクシェリー・ジュニアほか編の *A Treasury of American Horror Stories*（1985）およびリチャード・ダルビー編 *The Mammoth Book of Ghost Stories 2* の（1991）にしか収録されていない。本書随一の作品なので表題作とした。
本作はH・R・ウェイクフィールドの有名な作品「ゴースト・ハント（幽霊ハント）」（ウィアード・テイルズ、一九四八年三月号初出）を思わせる作品だ。当初、訳者は「ゴースト・ハント」に想を得て書かれた作品と思っていたのだが、この作品が七年先行していたのだった。

頑固なオーティス伯父さん

初出はアーゴシー・ウィークリー、一九四一年七月一九日号。後にマガジン・オヴ・ファンタジー・アンド・サイエンス・フィクション、一九五八年四月号に掲載された時に改稿されたとのこと。

モークスの伯父オーティス・モークスの頑固さは途方もなかった。彼が雷に打たれたことで、その頑固さに拍車がかかり、現実世界に突拍子もない事件が次々に出来する。

デクスター氏のドラゴン

初出はカナダ版ウィアード・テイルズ、一九四二年九月号で、その時の題名はThe Book and the Beast。本国版ウィアード・テイルズには翌年三月号に掲載された。ぱっとしない古道具屋でデクスター氏は錠付きの古書を入手する。ドラゴンらしい生物と、その背後に人骨が描かれた挿絵が入っていた。翌朝、デクスター氏は行方不明になる。最後の一文がユーモラスである。

ハンク・ガーヴィーの白昼幽霊

初出はマガジン・オヴ・ファンタジー・アンド・サイエンス・フィクション、一九六二年四月号で、その時の題名はGarvey' s Ghost。翌年刊行の本書に収録され時に現在の題名に改題された。
冒頭は幻想的で、その後の展開は普通の怪奇小説ではない。読者に恐怖感を与えようとしていない、風変わりな幽霊に関するユニークな作品である。

アーサーにはまだまだ雑誌やアンソロジーに収録されたままになっている佳作・秀作があるので、愛好家としてはそれらの作品もまとめられることを願っている。

◉訳者紹介　小林 晋（こばやし　すすむ）
1957年、東京生まれ。アーサー『ガラスの橋』、エルベール&ウジェーヌ『禁じられた館』、ブルース『レオ・ブルース短編全集』『ビーフ巡査部長のための事件』『三人の名探偵のための事件』、レジューン『ミスター・ディアボロ』、ダニエル『ケンブリッジ大学の殺人』（以上、扶桑社海外文庫）、ブランチ『死体狂躁曲』、ブルース『ロープとリングの事件』、ハイランド『国会議事堂の死体』（以上、国書刊行会）、ダンセイニ『二壜の調味料』（早川書房）、ブルース『死の扉』（創元推理文庫）、コックス『プリーストリー氏の問題』（晶文社）ほか、クラシック・ミステリーを中心に訳書多数。

ロバート・アーサー自選傑作集
幽霊を信じますか？

発行日　2024年4月10日　初版第1刷発行

著　者　ロバート・アーサー
訳　者　小林 晋

発行者　小池英彦
発行所　株式会社 扶桑社
〒105-8070
東京都港区海岸1-2-20　汐留ビルディング
電話　03-5843-8843(編集)
03-5843-8143(メールセンター)
www.fusosha.co.jp

印刷・製本　中央精版印刷株式会社

定価はカバーに表示してあります。

ISBN 978-4-594-09725-7　C0197